神秘的白衣

〔日〕绿川圣司 著

〔日〕大久保笃 原作／绘

杜妍 译

人民文学出版社

PEOPLE'S LITERATURE PUBLISHING HOUSE

著作权合同登记号　图字 01-2021-4141

图书在版编目（CIP）数据

炎炎消防队.神秘的白衣/（日）绿川圣司著；（日）大久保笃原作、绘；杜妍译. —北京：人民文学出版社，2022

ISBN 978-7-02-014805-9

Ⅰ.①炎…　Ⅱ.①绿…②大…③杜…　Ⅲ.①长篇小说-日本-现代　Ⅳ.①I313.45

中国版本图书馆 CIP 数据核字（2022）第 008765 号

责任编辑　朱卫净　李　翔
装帧设计　钱　珺

出版发行　人民文学出版社
社　　址　北京市朝内大街 166 号
邮政编码　100705

印　　刷　上海盛通时代印刷有限公司
经　　销　全国新华书店等

开　　本　787 毫米×1092 毫米　1/32
印　　张　6.375
字　　数　85 千字
版　　次　2022 年 3 月北京第 1 版
印　　次　2022 年 3 月第 1 次印刷

书　　号　978-7-02-014805-9
定　　价　39.00 元

如有印装质量问题，请与本社图书销售中心调换。电话：010 - 65233595

第5特殊消防队

第1特殊消防队

李奥纳多·班兹
大队长

率领第1队众精英的大队长。曾出现在森罗失去亲人的火灾现场。

公主火华
大队长（第三代能力者）

居高临下的女人。称自己以外的人类为"沙砾"。

环古达
二等消防官

第1队新人队员。拥有神奇的能力。

火炎·李
中队长·神父

不喜欢争论。温文尔雅。

卡力姆·福拉姆
中队长·神父

说话方式很奇特。

烈火星宫
中队长·神父

热血男儿。环暗中仰慕的对象。

焰人

由原因不明的"人体自燃现象"产生，处于暴走状态。也有自我意识残留的罕见案例。

第8特殊消防队

亚瑟·波义耳
二等消防官（第三代能力者）

自称"骑士王"。能制造出蓝色火焰的剑。

森罗日下部
二等消防官（第三代能力者）

在一场火灾中失去家人的少年，那场火灾被认为是由他的能力所引起，紧张时会露出奇怪的笑容。

茉希尾濑
一等消防官（第二代能力者）

以前是军人。脑袋里装的是一片少女的怀春田。

爱丽丝
修女（无能力者）

圣阳教会的修女。负责对"焰人"镇魂。

武久火绳
中队长（第二代能力者）

以前是军人。冷静。选帽子的品味很奇怪。

秋樽樱备
大队长（无能力者）

新成立的第8队队长，人品正直。爱好健身。

人的死因多种多样。衰老……自杀……病故……

如今世上，最令人感到恐怖的死因是烧死……

从某一天开始，在全世界范围内突然爆发人体起火事件。这就是"人体自燃现象"。

那些人体自燃的受害者们会丧失自我，处于暴走状态，直到生命燃尽。他们被称作"焰人"。为了消灭"焰人"的火焰，并拯救他们的灵魂，一个消防队成立了。

它就叫"特殊消防队"。

目录

前卷故事概要

太阳历一百九十八年。世界笼罩在"人体自燃现象"的恐惧之中。那些身体突然起火、被火焰包裹着的人会变成丧失自我的"焰人",将周围的一切燃烧殆尽。

"特殊消防队"就是为了保护人们远离火焰恐惧的威胁、解开人体自燃的谜团而成立的组织。

从小就崇拜英雄的森罗在十二年前的一场火灾中失去了母亲和刚出生不久的弟弟小象。

作为可以自身起火并操纵火焰的"第三代能力者",森罗被认为是那场火灾的始作俑者。而且受到那起事件的影响,每当森罗感到紧张或恐怖时,就会露出一个僵硬的笑容。因此身边的人一直都称他为"恶魔"。但是,森罗曾在火灾现场目击过一个长着两只角的"焰人"的身影,所以他确信真相仍在别处。

为了成为将人们从火焰的恐惧中拯救出来的英

雄，森罗立志成为特殊消防官。他从训练学校毕业后，被分配到了新成立的第8特殊消防队。在那里，他遇见了大队长秋樽樱备，自身无法起火但拥有操纵火焰能力的第二代能力者中队长武久火绳，同样是第二代的茉希尾濑，训练学校的同学并且能操纵高温火焰形成的等离子剑的第三代能力者亚瑟·波义耳，以及负责镇魂祷告的修女爱丽丝。为了不再出现更多的火焰受害者，同时也为了揭开十二年前火灾的真相，他们一同执行任务。

所谓为"焰人"镇魂就是夺取已变成焰人的人类的生命——森罗倍感任务艰巨，他与第8队的伙伴们为镇魂而忙碌着。然而，在消防官新人大赛中，森罗遇到一个神秘男子Joker，从他口中，森罗得知他以为早已不在人世的弟弟竟然还活着。

对特殊消防队感到怀疑的森罗将自己的疑问直接告知樱备。而樱备也怀疑特殊消防队或许已经掌握了"焰人"产生的原因。他告诉森罗，第8队成立的目的就是为了调查其他特殊消防队。

有一天，森罗接到报告说发现了一名拥有自我意识的"焰人"。当他奔赴现场时，第5特殊消防队的大队长公主火华拦住了他。

火华警告对特殊消防队心存疑窦的第8队："我劝你们还是别多管闲事，不要陷得太深，要不然以后灭掉的不是火，而是你们自己。"

而樱备和第8队的伙伴们却这样回应道："第8队的火焰可没那么容易被扑灭！"

第11章　待命

在与第5特殊消防队围绕拥有自我意识的"焰人"发生争执后的第二天早上，第8特殊消防队的队员们来到大队长室集合。

大队长樱备神色严肃地说道："经过昨天和第5队那伙人的冲突，相信你们也感觉到了，他们很可疑。要调查他们，必要时可以动用武力。"

然而，森罗却无法集中精神，他对樱备说：

"樱备大队长……"

此时，樱备正站在平衡球上，双手举着杠铃，头上还顶着重物。

"我觉得您那已经不是健身了，而是某种类似于健身的东西。"

"我们的首要目标就是对'焰人'进行镇魂以及保护国民的安全……"

站在樱备身边一动不动的火绳中队长接着解释道：

"但是，我们也必须时刻牢记第8队的隐藏目标，也就是调查可疑的特殊消防队并思考对付他们的手段！！"

（就算让我记住……）

火绳的那顶写着"墙中的节子小姐"的帽子究竟是从哪里买来的？那顶帽子太令人在意了，森罗完全听不进去他的话。

另一边，同样是二等消防官的亚瑟正举着他的王者之剑，眼睛看向窗外天线上的麻雀。

"可恶，狮鹫，又来攻击我的城堡，化作王者之剑的剑下亡魂吧。"

"你可真是个笨蛋。"

森罗心里想着。这时茉希对亚瑟开口道：

"嘴上说说就好，千万别真去讨伐那可爱的狮鹫啊。你会因为《鸟兽保护法》被抓的。"

"茉希有时也很危险啊……"

曾因玩火球惹怒了火绳的茉希一时语塞："唔……"

修女爱丽丝接过话茬：

火绳！

我们的首要目标就是对『焰人』进行镇魂以及保护国民的安全……

某种类似于健身的东西

（咯吱）

（吱）

但是，我们也必须时刻牢记第8队的隐藏目标，也就是调查可疑的特殊消防队并思考对抗他们的手段！！

那顶帽子太令人在意了，完全听不进去他的话。

（帽子上文字：墙中的节子小姐）

"但茉希一天里九成时间都是高冷美人，虽然剩下的一成令人有些遗憾。"

　　"遗憾……"

　　修女天真的发言让茉希大吃一惊。

　　（未来有可能还要与第5队对战，现在这么松懈没问题吗？）

　　森罗叹了一口气，一本正经地对修女说：

　　"第8队都是怪人，只有修女你是唯一的光明。"

　　"怎么会……"

　　修女困惑地微笑着，把手伸向森罗的头。

　　"森罗，你的头发上沾着灰尘呢。"

　　"谢……谢谢。"

　　修女的脸逐渐靠近眼前，森罗一时紧张起来，神情发生了变化。

　　十二年前那场不祥之火夺走了母亲和弟弟的生命，周围的人都把森罗视为始作俑者。从那时起，只要一紧张，森罗的脸上就会浮现出一个僵硬且扭曲的笑容。

那个扭曲的笑脸说是凶神恶煞也不为过。亚瑟云淡风轻地对森罗说道：

"你才是最奇怪的。"

几名队员都是一副散漫的样子。

"喂，你们几个。"

火绳中队长掏出手枪，对准了森罗。

"现在正在开重要会议呢，不要说闲话。"

森罗睁大双眼，急忙向前伸出两手。

"中队长！就算是开玩笑，也不要把枪对着人呐。"

"我看起来像是在开玩笑吗？"

"哎？！"

下一秒，火绳依旧面不改色，他毫不犹豫地扣动扳机。

砰，伴随着短促的声音，子弹击中了森罗的大腿。

"哇！！"

森罗哀号了一声，按着腿倒在地上。

"啊，击中了！！"

亚瑟惊讶道。不知为什么，其他队员看起来异常平静。

"我的腿……我的……腿……哎？"

在地上打滚儿的森罗突然意识到自己并没有感到疼痛，于是坐起身来。明明被枪击中了，但也只是一点火辣辣的感觉而已，裤子也没有破开。

"虽然很痛，但没什么事儿……为什么？气枪吗？"

森罗站起来，看着火绳。

"不，是真枪。"

火绳把那把枪展示给他们。

"火绳中队长和我一样，也是第二代。虽然不能自己起火，但操纵火焰还是做得到的。"

茉希在一旁解释道。

"他削弱了火药的爆炸，降低杀伤力后才开的枪。"

枪身中的火药爆炸，其冲击力推动子弹发射。

火绳可以用自己的能力调节爆炸的强度。

"和'焰人'不同，第二代和第三代作为敌人时，根本料不到他们会使用什么手段。从今以后，他们也会是你们的对手。"

火绳说着，又朝森罗的额头极弱地开了一枪。

"虽然知道没关系，但真的很恐怖。"

森罗一边揉着额头一边抗议道。

火绳充耳不闻，他转向仍对着几只麻雀准备伺机而动的亚瑟。

"亚瑟，你特别蠢，所以要十分小心。"

"哼。"

亚瑟厚颜无耻地笑了起来，他看着贴在墙上的壁虎说道：

"我可是讨伐龙的男人。"

"你先找到龙再说吧。"

森罗满脸无奈地吐槽道。

火绳一把抓住两人的肩膀。

"赶快到屋顶上来，我会好好操练你们。"

"别光注意上半身！！ 要看对手的整体！！ 看，

腋下有漏洞！！"

屋顶上，茉希正在和亚瑟操练。一旁观战的森罗对火绳说道：

"我无法原谅拿'烧普通市民'开玩笑的第5队，那个公主大队长到底是什么人！？"

"第三代消防官，公主火华。她突然从灰岛中崭露头角，升到了如今的地位……"

火绳一边关注着两人的对抗一边低声说道。灰岛指的就是本国之中手握强权和发挥巨大影响力的企业灰岛重工。

"她充满了谜团。据调查，她是靠非法研究'焰人'、并将资料分割贩卖发迹的。"

森罗兴奋地说："那么，说不定她已经掌握了人体自燃现象的秘密？！"

火绳依旧面色沉静。

"至少掌握了能让她一跃成为大队长的资料。为了得到它，我打算采取强硬手段。就算强攻也要冲进第5队！！你的脚和亚瑟的等离子会派上用场的。"

听了火绳的话，森罗露出了那个紧张而又坚定的笑容。

"不光是资料，我还要把第5队整个毁掉。"

与此同时，在第5特殊消防队的基地里，火华正不断地对着拥有自我意识的"焰人"进行实验。

"饶……饶了我吧……"

被绑在实验台上的"焰人"苦苦哀求着。

"沙砾！沙砾！！沙砾！！！"

火华将两根像滑雪杖一样的实验器具插在"焰人"的身体上。

"呀啊啊！！"

"焰人"拼命地嘶喊，火华反而更加用力地扭转着刑具。

"闭嘴！！我是在问你的身体！！告诉我更多你的秘密吧！！无论是你的还是其他的，全部都是沙砾！！成为我幸福的垫脚石吧，渣滓沙砾！！"

"哇！！要出来了！！要出来了！！"

"鬼才知道，混蛋！！杂鱼尽管叫吧。为强大而美丽的我铺路吧！！沙砾！！"

熊熊烈焰之中，火华放声大笑。旁边的队员默不作声地呆立着。

"森罗，把战斧拿来。"

第8队的屋顶上，火绳命令森罗去装备室取来特殊消防队的常备武器。

"是！"

森罗从屋顶一路飞奔到一层，经过中庭附近时，他停下了脚步。

在中庭中央的喷泉前面，裹着白色轻薄襦袢①的修女为了清洁身体正在冲凉。

森罗不自觉地看出了神。修女泪眼盈盈，声音微弱地说着：

"姐姐……"

沉浸在泪水之中的修女察觉到森罗在附近，赶忙蜷起身子。

虽说她背对着自己，但也近乎半裸。所以森罗

———————————
① 音 rú pàn，一种穿在和服里面的长衬衣。

慌张地转过身去。

"对……对不起！！"

比起歉意，森罗更在意刚才看到的眼泪。

（她哭了吗？）

修女裹好长袍，从中庭回到走廊。森罗又一次低下头。

"真的很抱歉！！"

"没……没关系，是我自己不小心。"

修女涨红了脸，微笑着。

"训练多加小心。"

"那我先失陪了。"

修女低下头，准备离开。森罗被这天使般的温柔所触动，突然叫住了她。

"那个，修女……"

修女停下脚步，有些意外地看着森罗。

森罗严肃地说："你有什么困扰的事情吗？那个，助人为乐是消防官的职责……"

"谢谢。"

修女莞尔一笑，没说什么就离开了。

第12章　圣女的决意

那天晚上，森罗躺在上下床的上铺望着天花板，回想起白天修女的态度。

森罗总是笑得很奇怪，所以反倒最为清楚。

那个笑容有些僵硬。

（她和第5队的人之间发生过什么吗？）

森罗从床上探出身子，向睡在下铺的亚瑟问道：

"喂，亚瑟！你知道修女发生什么事了吗？"

亚瑟两手捏着拉到胸口的被子，睁开眼睛答道：

"什么？公主怎么了？"

"别再叫修女公主了。还有对茉希也是。"

"那个人是食人魔……"

亚瑟把茉希比成骑士故事里的怪物。恰巧这时，门开了，茉希探出头来。

"谁是独眼巨猩！！"

亚瑟的话传进茉希的耳朵里，于是她抛出了希腊神话中登场的独眼巨人的名字，二人激烈地争吵了起来。

"我才是？！"

受亚瑟牵连，森罗从床上被掀翻在地。他站起身控诉道：

"突然间怎么回事！白天的训练还不够折腾的吗？！"

"不对！！"

茉希终于清醒过来，她面色严肃地看着二人。

"你们两个知道修女去哪儿了吗？"

此时，第5特殊消防队的基地前，从第8队跑出来的修女正对守门的队员说道：

"打扰了。"

"这么晚了，修女有什么事吗？"

"可以让我见大队长吗？"

"啊？你说什么？"

队员吃了一惊。修女态度坚决地说：

"请告知大队长，说爱丽丝有事参见。"

在守门队员取得联系、获得许可后，修女被放了进去。

她穿过空地，被领进深处的一幢房子。

她跟着队员的脚步，想起了幼时的往事。

孤儿们被聚集在修道院里。

修女和同为孤儿的火华曾在那里一同生活。

火华美丽又有学识，是她最喜欢的姐姐。可为什么会变成现在这样……

房子的大厅里，穿着防火服的火华正叉着腰等待着她。

"有事吗，窝囊废？"

火华蓝色的瞳孔中映着粉色的花瓣，对于无法操纵火焰的无能力者修女，她显得尤为不屑。

修女神色紧张地走近火华，语气强硬地说道：

"虽然我不懂，但姐姐正在做的事情很危险吧？！那是违背太阳神旨意的不道德的研究！这就是姐姐的理想吗？！"

"在我的面前，不要穿什么修道服！！"

火华叫喊着，撕开了修女的衣服。

修女全身只剩下头巾和内衣，她蜷缩着身体跌坐在地上。

"姐姐，为什么！！"

火华突然凑近她的脸，龇牙大笑起来。

"消防队的修女，不过是个花瓶。献身于无意义的事情，你真是个彻头彻尾的蠢货。哪有什么神。你所崇拜的就是虚无缥缈的傀儡罢了。存在于这个国家、这个世界的不是神，而是像我一样的恶魔。"

恶魔……

修女的脑海里浮现出曾一直被称作恶魔的森罗的面容。火华脱下自己的防火服，披在修女身上。

"拿你做诱饵，把第8队引出来灭掉。"

就在火华向墙边待命的秃头队员发号施令时，楼外传来了震天的声响，好像是什么爆炸的声音。

"外面……是什么声音？！"

距火华所在的房屋不远的围墙内侧，发生了一场巨大的爆炸，仿佛被导弹袭击了一般，地面上冒出滚滚浓烟。

"什么……迫击炮吗？"

夜间值班的队员吓得浑身瘫软，一屁股坐在地上。

"有什么东西从天上掉下来了。"

另一名队员小心翼翼地盯着前方，只见渐渐稀薄的烟雾中，出现了人影。

"你是什么人！！"

"是什么人……我想想……"

那个人影就是森罗。他得意地笑着，用手指着那名队员厉声道：

"第8战队之修女搜寻者兼第5毁灭者是也！！"

# 第13章　开战

事出反常，正当第5队的队员准备集合的时候，青白色的剑峰将厚厚的基地围墙劈开了一道缝。

随后，又竖着劈开了一道缝。

哄！

第8队的火柴盒从两道剑痕中间撞破墙壁冲了进来。

劈开墙壁的是亚瑟的王者之剑。

"中队长！这么胡来没问题吗？！"

坐在副驾驶座上的茉希尖叫着。

"第5队那帮人一直在这里做的研究也见不得光。况且他们是不会轻易捅出去的。"

火绳说道，接着把火柴盒停在了森罗身边。

第5队的十几名队员站在前面拦住了他们。

（哄！）

（嗖嗖嗖嗖）

第5队那帮人一直在这里做的研究也见不得光。而且他们是不会轻易捅出去的。

中队长！这么胡来没问题吗？！

（嗵嗖）

火绳下车，对森罗命令道：

"森罗，你去找修女！这边我们会想办法！"

"对手这么多人？！"

森罗惊诧地看向火绳，火绳不动声色地重复了刚才的话。

"你到里面大闹一场，我们这边行动也方便。快去！！"

"是！！"

森罗双脚喷出火焰，压低身体向第5队的队员冲去。

"来了！！"

队员们纷纷摆好架势。

森罗用力蹬地，朝正上方腾空而起。

他远远地越过队员们的头顶，在他们身后落地，再次加速，一气呵成。

"休想过去！！"

在后方待机的一名体格壮硕的队员试图抓住森罗，但森罗速度丝毫不减，他一个转弯，再次加足马力。

"好快！！"

"追！！别放过他！！"

第5队队员紧追不舍，在他们身后，火绳端着一支具有连发功能的小型机关枪。

"休想从我的魔鬼训练营中溜掉！"

啪啪啪啪啪啪啪啪！

火绳通过控制弹速来调整子弹的强度，以至于不会危及对手的生命。队员被一个接一个地击中。

"子弹射过来了！！"

"躲起来！！"

逃过一劫的队员们躲到建筑物的阴暗处。

然而，火绳没有露出一丝焦急的神色。

"躲起来也没用。"

"好玩吗？"

茉希惊讶道。

"枪，本来就是用来对付人的。"

火绳波澜不惊地放出狠话，继续射击。通过

控制弹速射出的子弹能利用自身的火花改变飞行轨道。

这就是火绳能力之一的"弹道控制"。

"哎?!"

子弹沿一条大圆弧飞行,接连击中隐藏在暗处的队员们。

"哇!!"

"啊!!"

确认所见范围内所有队员都已趴倒在地后,火绳对亚瑟发令道:

"亚瑟!跟上森罗!"

"中队长你们也要小心!"

亚瑟依旧不对长官说敬语。待他离开,火绳将倒下的队员踩在脚下,从正上方朝着他的脸连续射击。

茉希惊恐地看着火绳,小声说道:

"比起对手是'焰人',中队长好像对人类更加冷血啊……"

"我是为了打倒那些听不懂话的蠢货才放弃其

他特殊消防队，选择樱备大队长的第8队的。"

火绳淡然地答道，他的眼神冷漠得像蛇。

"你也去打倒他们。将他们击溃，让他们吐出有关人体自燃的研究资料的下落。"

"比起与人争斗，我更想拯救生命，所以才不顾父亲的反对，退伍加入特殊消防队。所以，我对于与人作战……"

茉希的语气似乎带着些许困惑。

火绳插嘴道：

"你之前不是揍了第5队的新人吗？"

"那只不过是轻轻地戳了他一下而已。"

这时，有一个男人正躲在仓库中听着二人的对话。

他就是二等消防官，透岸里，那个之前挨了茉希一拳头的第三代新人队员。

（杂鱼8队也太得意忘形了吧……）

透吹起了泡泡糖。

（等着被我的"逆流超级泡泡糖"揍一顿吧！！）

直径约二十厘米的泡泡离开透的嘴边，轻飘飘地朝着火绳飞去。

"什么东西？"

"中队长！！退后！！"

火绳觉察到的同时，茉希挡在了火绳和泡泡的中间，她伸出双手。

泡泡引燃了剧烈的爆炸，凶猛的火焰和暴风向二人涌来。

吮！

在火流的攻势下，茉希节节后退。火绳被眼前的景象惊得目瞪口呆，他站在茉希的身后支撑着她。好强的火力。

透从仓库窥视着二人，又吹起了一个泡泡。

在无氧气状态的泡泡中填充可燃气体，泡泡飞向对手时破裂，从而获得新鲜的氧气并引起可燃气体的大爆炸。

这就是透的能力——"逆流超级泡泡糖"。

“又来了。”

“快点后退！！我来！！”

泡泡接连不断地飞来，引起猛烈的爆炸。茉希将火绳掩护在身后，奋力地阻挡火焰的攻击。

透不停地吹泡泡，攻击一波连着一波。

（再来！！再来！！再来！！）

密不透风的攻击下，火绳和茉希暂时撤退，躲在集装箱的阴暗处。

“茉希！！攻击是从哪个方向来的？！”

茉希窥探了一下。

“那个仓库。”

仓库里面漆黑一团，看不出什么端倪。可火绳却说“够用了”，接着把小型机关枪对准仓库的入口。

听到两人的对话，透放下心来。

他此刻正藏在仓库入口墙壁后方的一个电缆箱的阴影处。

（没用的！！不管怎样，径直射出的子弹是不可能转弯到这里来的。）

虽说如此，火绳还是利用"弹道控制"射出了子弹。

随后，通过"弹道控制"改变轨道的子弹撞到仓库的地面后反弹至空中。

"逊毙了，往哪里射呢？"

透嗤之以鼻地吹起了泡泡。这时，子弹仿佛有意识似的变换了轨迹。

"什么……"

以子弹迸射的火花再次改变子弹的轨道，这就是"跳弹控制"。

撞到墙壁和天花板后弹回的子弹从四面八方一起攻向透。

啪啪啪啪啪啪啪啪！

透无处可逃，被乱弹击中的他扑通一声倒了下去。

火绳从集装箱后面走了出来，悠然地环顾了一下四周，略感意外地说道：

"没出息……我们第 8 队的新人可不会因这点程度求饶。"

　　火绳刚准备找一个意识尚存的队员逼问资料所在，只听……

　　"慢着。"

　　身穿紧身防火服、戴着墨镜的女消防官三人组摆着 Pose 现身了。

　　"第五队的三天使，

　　参上（1）

　　登场（2）

　　造访（3)!!"

　　同一时间，亚瑟正在后面追赶森罗。

　　"说是要追上他，可那个恶魔，跑得是真快……完全不见人影……"

　　森罗彻底失去了踪迹。亚瑟绕到大型建筑的背后，停下了脚步。

　　灰色的地面上有一串清晰的煤黑色脚印。

　　"恶魔的足迹啊……"

沿着这个走应该就可以了。亚瑟刚准备继续追踪，"呵呵"，一阵仿佛闷在嗓子眼里的笑声从身后逼近。

"你也在追赶恶魔的足迹啊？是第8队的队员吧？"

亚瑟转过身，眼前站着的是一个穿着特殊消防队防火服、两眼嵌着镜片且满面笑容的奇妙男人。他看起来上了年纪，寸草不生的头顶尖得像施工现场的交通锥。

"呵，呵呵呵，你也在寻找恶魔吗？"

男人的笑声十分刺耳。

"老头你谁啊？玉米脑袋吗？这里很危险，回田里去吧。"

"你们对第5队如此刨根问底令我们很困扰。"

男人笑着说道，一个奇怪的身影倏地从他的身后冒出头来。

"杀了你哟……"

"你是……"

出现在亚瑟眼前的是那个曾经是消防士的杀人

鬼——"焰人"宫本。

森罗原本要对他进行镇魂，可自我意识尚存的"焰人"太过罕见，火华把他当作第5队的研究对象带了回来。

原是杀人鬼的"焰人"披着斗篷，穿着防火裤，近乎燃烧殆尽的脸部中央写着一个偌大的"5"。

"杀了你哟……"

"焰人"嘴里咕哝着。男人站在他旁边自豪地说道：

"我们给他服用了研制的药物，所以这名'焰人'的火力变强了……能获得这么珍贵的实验体，真开心啊。"

"又见面了啊杀人鬼。"

亚瑟将剑举到身前。

"你 就 化 作 我 剑 之 …… 我 剑 之 …… 以 我 剑……"

看来，亚瑟很想说出那句经典台词"化作王者之剑的剑下亡魂吧"，但他太蠢了，以至于大脑一片空白。

"哼。"

结果，亚瑟只得露出一个意味深长的笑容来掩饰不安的内心。

尖头男放声大笑。

"到了敌阵还单独行动，看来，寒碜的第8队正如报告所说人手不足啊。你做好赴死的决心了吗？就让被我的研究强化后的'焰人'送你上路吧。将增强的火力定向发射的新兵器，把他烧得灰都不剩！"

"焰人"上前一步，扬了一下斗篷，他被森罗砍掉的右臂上戴着一个白色圆环。那应该就是新兵器了。

"哇！！磕了药后，火焰和力量从内到外充溢着我的全身！！"

"焰人"高声喝道，他右手集聚火力，一边大笑着一边朝亚瑟释放。

轰轰轰轰轰轰！

火焰仿佛从大口径的放射器中喷涌而出，亚瑟险些被击中。

"好危险！！你是想把我变成骑士照烧鸡吗？！"

"照烧鸡？！有你这种没放调味汁的吗？"

"焰人"继续喷射火焰。亚瑟调整好姿态后，左手拔剑。

他开始唱诵："我降临于灼热之地……金衣覆体……"

"焰人"忽然靠近。

"什么？在讲天妇罗吗？"

亚瑟挥剑弹开"焰人"在近处释放的火焰。

"你是蠢蛋吧？"

"焰人"不屑地说。

亚瑟一本正经地答道："我是骑士。"

第14章 骑士的失策

"情况如何？"

一幢房子里，第5队的部下们正在向火华报告战况。

"三天使对火绳，亚瑟对'焰人'，樱备还未见踪迹。"

"给您防火服。"

部下拿来了新的防火服。

"人类自燃的真相与阴谋……一切都是我们的研究成果。不会让那帮沙砾得逞的。"

火华穿上防火服，脸上浮现出鄙夷的笑容。

"飞蛾扑火……全给我烧成灰。"

在"焰人"猛烈的火焰攻击下，亚瑟的后背重重地撞在集装箱上。

"你真的是特殊消防官吗？吓破胆了吧？一点反应都没有。"

"哼。"

亚瑟耻笑了一声，他站起身，举起王者之剑。

"啊哈！！"

可是，还没等亚瑟挥剑，"焰人"的右臂就击中了亚瑟的脸。

亚瑟被熊熊喷涌的烈火掀翻在地。

"焰人"惊讶地说道：

"你怎么回事……只会耍酷吗？弱得要死，蠢货。"

"可恶……为什么不在状态……"

尖头男人看到亚瑟一脸困惑的样子，笑着说道：

"不是你不在状态，是我的'焰人'的火力太强。"

"是有你这种人……本就一无是处，却拿什么不在状态当逃避借口的杂鱼。"

"焰人"吐着舌头冷笑道。

"还真像骗子消防官能说出来的借口。杂鱼蠢蛋！！"

"什么？"

"只会耍酷的蠢货骑士?！我看屡战屡败的败犬才适合你啊!！"

居然嘲笑骑士。亚瑟怒气冲天，再次奋力挥剑。

"我不但是骑士，还是骑士王!！"

"吵死了!！"

"焰人"左臂挡掉亚瑟的攻击，随即用右臂的火焰发射装置积蓄能量。

"杂鱼真是好出风头，作为对你的奖赏，杀掉你之前我会好好让你尝尝苦头的!！"

"为什么……完全使不出力气……"

匍匐在地的亚瑟突然觉察到了什么，不禁愕然失色。

"什么……王者之剑……左手？"

"啊？怎么，还要找借口？你的实力就是如此。"

"焰人"一边把火力集中在右臂上，一边嘲笑道。

然而，亚瑟却置若罔闻地盯着自己的右手，自言自语道。

"为什么我一个右撇子却要用左手拿剑呢……？"

亚瑟从一开始拔剑之后，一直都在用非惯用手持剑作战。

"哈?！鬼才知道!! 你个蠢货!! 下黄泉去找你的借口吧！"

"焰人"将马上要发射的火焰发射装置对准亚瑟。

亚瑟将王者之剑换回右手，再次向前奔去。

下一秒，王者之剑以迅雷不及掩耳盗铃之势将"焰人"的身体劈成了两半。

紫电一闪。

"焰人"心脏处的核心被击穿。扑簌扑簌，他瓦解成了一摊灰烬。

"什么嘛……我就说怎么不对劲……"

（啪）

亚瑟严肃地说道。

尖头男见状，惊得说不出话来。

"这家伙怎么回事……强得和他的脑袋一样蠢。"

第15章　森罗VS.火华

"第5队三天使！！三对三，斩击者版本2.3。"

身穿紧身防火服的队员双手喷射着火焰，向茉希袭去。

茉希弯腰躲过了一劫。

"你们的数字怎么那么……多！！"

她抓准时机，一拳打在对方的脸上。

对手瞬间被击飞，当场倒地。

第5队三天使的3号刚想要从集装箱上面跳下，就被旁边火绳的小型机关枪击中，也倒了下去。

地上横七竖八地躺着许多穿着同样装束的队员。

"第5队三天使……不是三个人啊……"

火绳略感意外地嘀咕道。

"躺着的大概有十个人。"

茉希疲惫地答道。

虽然这些对手并不难缠,但打倒几个就又会从什么地方冒出几个,真令人厌烦。

"已经没人了吧。"

火绳端着机关枪,像搜寻猎物一般四下巡视着。

茉希:"不知道森罗他们顺不顺利……"

"应该没问题。"

火绳答道。

"趁着森罗闹事的时候,我们去找资料吧。"

说着,二人潜入有可能藏匿重要资料的大楼里开始搜寻。

就在第8队的队员各自为战的时候,森罗来到基地深处的一幢大房子跟前。

(这里还真像是那个浮夸的大队长会喜欢的地方!!)

森罗推动两扇开着的大门,高声道:

"打扰了!!"

第5队的大队长应该就在这幢房子里。

（这次机会难得，可以测试一下我与大队长级别的实力差距。）

然而，火华的能力令人难以捉摸。

之前，他们因拥有自我意识的"焰人"发生争执时，森罗曾在和火华的对战中被一阵神秘的眩晕所侵袭，伏地不起。

（如果破解不了那个能力，就没有胜算……）

森罗重新打起精神，这时，他听到二楼深处的房间里传出了修女的声音。

"停手吧，姐姐……！！"

"她果然在第5队，要抓紧了！！"

森罗脚下喷出火焰，一下子飞上了二楼。

"休想过去！！"

第5队三天使的三人突然出现在眼前。

"第5队三天使！！ 三对三。"

然而，森罗一击便踢散了他们，顺势在二层降落。

此刻，在一个只有两个人的房间里，修女正穿着防火服坐在地上。火华冷冷地对她说道：

"似乎有一只已经进到这栋房子里来了。爱丽丝，你就在那儿看着第8队的战友被火焰吞噬吧。"

"姐姐，为什么……"

"你可以用你擅长的祈祷向神灵祈求救赎。这世上，不是'烧'就是'被烧'……我是'烧'的一方。"

火华露出一抹笑意。她瞪大眼睛，嘴巴咧成一道弯，简直和恶魔的微笑一模一样。

"你不也见识过嘛。被火吞噬后凄惨死去的修女们……"

火华的话令修女那段可怕的记忆复苏了。

修道院里，只有自己和姐姐存活了下来。那次火灾，还有眼前被火焰吞没的修女伙伴们的身影，历历在目。

"幸运的是，我作为第三代获得了觉醒！我和这熊熊烈焰一样，成为'烧'的一方。"

火华点燃指尖的火焰，怜悯地看着蹿动的火苗。

"我会把不如我的沙砾榨成渣子，以他们为食粮，扶摇直上！这才是人的幸福。"

"这样得到的东西不会成为姐姐的幸福的！"

修女鼓足勇气反驳道。然而，火华丝毫不为所动。

"说白了你不过就是说些漂亮话，然后在那里坐以待毙吗？！"

火华抓起修女的外衣，挥起了拳头，这时，

"从修女身边滚开！！"

房间的门被用力地撞开，森罗出现了。

"英雄登场了。"

火华松开手，她盯着森罗对修女说道：

"我先从他烧起，乖乖看着吧。"

"森罗快跑！就算是你，在大队长面前也不会有胜算的！！"

但森罗没有逃走，他在火华对面站定。

"不会像上次一样了！！"

"沙砾。你该不会忘了吧？你可是连我的一根手指都碰不到。"

"不试试怎么知道！！"

森罗燃起脚下的火焰。

火华蓝色的瞳孔被粉色的光芒尽染。

突然，森罗的视野变得模糊扭曲，他支撑不住，倒了下去。

（第二次……）

森罗头晕目眩，明明什么都没做，却满头冒汗。

"森罗！！"

修女尖叫着。

"又这么快趴下了，果然是沙砾啊。"

火华得意地说道。

"可恶……头好晕……"

森罗想抬起头来，但他的脑袋被火华的鞋跟死死地踩着。

"这……究竟是怎么回事……"

面对着来自鞋跟下的怒视，火华答道：

"热失神。"

"热失神？"

"现在，你的身体被我传输的热量所覆盖。那股热量可以扩张血管，降低血压，使大脑供血量急剧减少，所以会导致头晕。自诩英雄气势汹汹地冲进来，结果一点热量就趴下了，可笑。"

"头晕……"

听了火华的解释，森罗紧紧咬住后槽牙，他双手用力，慢慢站起身。

"什么嘛……那不就和错觉差不多……"

"怎么会是错觉……你现在不是连站都站不稳吗？"

火华用扇子遮住嘴巴，轻蔑地说道。

"心悸、气喘、头晕，都只是错觉罢了！！"

森罗手扶着膝盖，终于站起身来。他汗流浃背，双臂不住地颤抖。

"我看你只是在硬撑。"

火华轻松地笑着。

"而且你最大的错觉是以为自己是英雄吧。"

"既然我现在因为错觉而头晕。"

森罗扬起脸，露出生硬的笑容。

"那么我就能因错觉而成为英雄！！"

"不可能……你怎么可能站得起来……"

见状，火华稍稍后退了几步。

"比起火绳中队长的魔鬼训练，这种程度不算什么。"

"……算了。没有抵抗力的对手烧起来也没意思。"

火华展开扇子，花朵状的火焰不断涌出，环绕着她的周身飞舞。

"'铁线莲'——被我灼热的花烧尽凋零吧。"

"姐姐……你还要做这种事吗……"

"闭嘴看着吧。"

火华打断了修女的话。

森罗开口道："我看你才产生错觉了吧？"

"什么？"

"那么……今晚……"

烈焰从森罗的双脚倾泻而出，他怒视着火华说道：

"我就是打醒错觉大姐姐的男人！！"

第16章　激战

"你说我产生错觉？"

面对火华的质疑，森罗含糊地答道：

"看起来是的。"

"别开玩笑了！！"

火华抡起扇子，铁线莲的花瓣如子弹一般向森罗袭去。

森罗一面用双臂抵挡攻击，一面低空跃起冲向火华。但当扇子被收起时，刚才热失神引起的强烈头晕竟再次袭来。

视线模糊、渐渐失去控制的森罗与火华擦身而过，狠狠地撞在墙壁上。

"还说什么头晕是错觉！！现在不是还掌握不了平衡、东倒西歪吗？"

火华趾高气扬地说道。

森罗用力摇摇头，啪地拍了一下自己的脸颊。

"可恶！！"

即使如此，头晕还没有消失，脚步也跟跟跄跄。

"就这点本事还逞英雄呢。让没出息的你清醒一下吧。"

火华再次将扇子展开并高高举起。

"樱！"

森罗的四周，粉色的樱花瓣飘然飞舞着。

每一片花瓣都拥有超高的热量。即使是耐热的森罗，稍稍碰触一下也会惨叫起来。

而现在，无穷无尽的花瓣正将他团团围住。

"呜啊！！"

为了拂去花瓣，森罗手忙脚乱地挥动着双手。看到他那副窘态，火华放声大笑：

"啊哈哈哈！挣扎着飞舞吧！！"

"住手吧！！姐姐！！"

修女悲痛地大叫。火华笑着打断她：

"想让我住手的话你就向神灵祈祷啊！！知道吧？！这个世上别说是神，连英雄也没有！！"

"不是那样的……只要虔心祈祷，心灵就能得到安宁……也会有人因此得到救赎。"

"那不是真正的救赎!"

"那姐姐是想说这个世上没有救赎吗?!"

"有的。"

火华的态度骤变,她敛起笑容,用如同遁地一般极低的声音说道:

"为自己的成功利用他人、超越他人,并且居高临下地俯视其他蠢货。从那里看到的都是无能的沙砾、沙砾、沙砾。太棒了!能意识到自己不是垃圾才能得到救赎。由此得到的地位和金钱才是人的救赎!!"

"为什么?!在修道院时,你不是每天都和我们一起祈祷的吗?!"

修女含泪问道。

火华的心中应该还留存着那些记忆,那些在修道院同食同寝、一起祷告的日子。

然而,火华低下头,

"我是祈祷了,可救赎在哪儿呢?"

她继续用冷漠的声音说道,

"收养我们这些孤儿的修道院。无依无靠的孩子们过着献身于神灵的每一天。我是其中唯一不虔诚的那个。然后到了那天，修女们突然燃烧了起来。那些比我还要虔诚地供奉神灵的修道女。"

在那场惨烈的火灾中，火华扯下脖子上的十字架，把它丢进了大火。

"你知道吧？好人没好报。我这样的存在就是最好的证明。人只有为自己的时候才能变强。不变强却要寻求救赎，也太过贪心了！！底层的沙砾想寻求和人一样的救赎，本来就是奢望。"

火华的目光沉下来，她笑着继续冷冷地说道。

森罗全身冒着黑烟，他竭尽全力站起来。

"公主火华。你也是火焰的受害者吧。"

"你还在啊，冒牌英雄。这个世上没有英雄。因为人是无法拯救他人的。"

"我稍微可以理解你的感受。因为我也是被火焰搅乱人生的人。"

"你懂什么？飞舞吧！"

话音刚落，森罗周围纷飞的樱花瓣如同龙卷风一样同时飞舞旋转起来。

这是火华的能力"樱吹雪"。

一片片带火的花瓣集聚在一起向森罗袭去。

"呜啊啊啊！！"

森罗咬紧牙关忍耐着。火华狂笑道：

"这次总该和沙砾一起跪伏在地了吧！！"

在高温的攻击下，森罗险些倒地。他岔开双脚，紧紧地扒牢地面。

"绝不可能倒下！！"

火华不可置信地瞪大双眼。

"这可是热失神，他不可能还站得住。"

就算是第三代，也不可能扛得住直接作用于血管的热失神。

可面前这个男人并没有倒下，反而站得好好的。

森罗摇摇晃晃地盯着火华。

"不管多少次我都会站起来，不管多少次我都不会倒下，为了你！！"

"你在说什么？脑子烧坏了吗?！"

惊慌失措的火华指着森罗说道。

"听好了……现在我就要揍飞你！！这一切全部都是——为了你！！"

"要是为了我，就赶快烂掉吧！！"

火华大叫着，好像要封住森罗的嘴巴一样。

"什么都不懂的沙砾就知道胡言乱语！！"

"有吞噬人的火焰，也有引领人的光芒和温暖人心的火焰！！"

修女奋力地说道。然而，这番话并没有引起火华的注意。

"这世上没有英雄！！那些口口声声自诩英雄的家伙都是想踩着别人出人头地的冒牌货！！"

"就是因为这世上没有英雄！！"

森罗打断了火华的怒吼。在灼热的樱吹雪中，他握紧拳头，奋力蹬地。

"我才说要成为英雄的！！"

火焰从森罗的脚下涌出，他瞬间逼近到火华跟前，朝她的脸猛力挥动拳头。

"我就是将错觉大姐姐打醒的男人！！打醒Man！！是也！！"

第17章　约定的火华

在恬静的田园地区的一座小丘上。

这个自然环境如此优美的地方，坐落着火华和爱丽丝在幼年时期生活过的修道院。

修道院中有许多年幼的孤儿，从小就能操纵火焰的火华是孩子们中的红人。

在大家的央求下，火华趁着大人们不注意，在修道院的后院里制作火焰花。

五颜六色的花朵在空中飘荡着。

"哇，好漂亮。"

"好厉害，修女火华。"

年幼的修女们纷纷投来崇拜的目光。火华嘻嘻地笑着，掏出写着化学符号的小瓶子和滴管。

"修女铁线莲，你看。加一点钠的溶液就会发生焰色反应……"

火华一边说明一边向飘浮在空中的花朵吧嗒吧嗒地滴加溶液。花朵的颜色瞬间变得鲜艳无比。

"哇！变成黄色了。"

修女铁线莲欢呼起来。

火华又从几个小瓶中取出溶液，分别滴在花朵上。

"这个是铜。"

"绿色的！！"

"快看，修女樱，这个滴钙。"

"是橙色！！"

"接下来是钾和锶……"

五彩斑斓的花朵在修女们的眼前飘来飘去。

"都好美啊。"

修女们赞不绝口。火华微笑着看着妹妹们。

"怎么样？火焰很美吧。"

"嗯！！"

"修女火华会操纵火焰，还很懂化学，我好羡慕。"

这时，有一个少女正躲在不远处的角落里窥视着她们的谈话。

她就是幼年的修女爱丽丝。

"爱丽丝，别站在那里，离近点看吧。"

火华朝她招招手。爱丽丝眼睛闪烁了一下，走近火焰花。

"哇。"

爱丽丝不自觉地想要伸出手，火华立即按住了她，温柔地提醒道：

"很危险……虽然是花朵形状，但毕竟是火焰，会烧伤的。"

"喂！！修女火华，又在用起火能力玩耍！！"

中年修女堇出现了。火华吓得一激灵。

"好了，大家快点到礼拜堂去。"

"是……修女堇。"

年幼的修女们不情愿地回去了。

"还有修女火华也是，你的能力是太阳神授予的。如果错误地使用火焰，会十分危险。"

对于修女堇的说教，火华不服气地回嘴道：

"我已经很小心了，没关系的。"

"说这些有什么用……快点进去。"

"是。"

失去力量的花朵一个接一个地枯萎、消失。

火华跟在大家后面，准备回到礼拜堂。突然，爱丽丝扯住了她修道服的袖子。

"那个……修女火华……那个……"

爱丽丝支支吾吾地想说点什么。

"怎么了？"

火华停下脚步问道。

"那个……那个……"

爱丽丝抬眼看着火华，努力地说道：

"下次有机会，我还想看看花。"

面对如此惹人怜爱的请求，火华感到有点害羞，她用力抚摸着爱丽丝的头。

"你什么时候改掉你畏畏缩缩的性格，什么时候就给你看。"

"真的吗？！"

谨慎又平静的日子就这样一天天过去。

然而，这份宁静猝不及防地被打碎了。

人体自燃现象——

突然，修女们的身体同时燃烧了起来。

除了火华和爱丽丝之外，所有人……

火华还记得。

人体燃烧的声音……呼救声……

被火焰灼烧的疼痛吞噬着人的生命……

"怎么样？火焰很美吧。"

一直以来，火华都认为火焰是美好的。然而……

（火焰真的是美好的吗……）

看着烈焰中的修女们，火华泪流满面。

她之所以还能保持理智，是因为爱丽丝还在她身边。

爱丽丝怔住了。火华捂住她的眼睛，说道：

"走吧……不赶紧逃走的话，我们也会被烧掉的……"

二人离开修道院，寄居在深山里的一幢房子里。

在那里，火华利用自己擅长的化学知识深入研究。

（什么太阳神授予的能力。火焰本身不就是恶魔嘛……拥有能力的我……）

火华觉得自己也是恶魔。

恶魔就要像恶魔的样子，一切皆为我所用。

不管是人还是火焰，一切……

她开始利用从非正当途径得到的"焰人"检体的分析数据来满足自己的私欲。

日月流转，火华带着研究成果离开了与爱丽丝共同生活的家。

她脱掉修道服，裹上风衣，走出家门。爱丽丝依旧穿着修道服，脖子上挂着十字架。

她问道："姐姐……你这身打扮是要去哪里……"

"爱丽丝。"

最后，火华回头看向爱丽丝，说道：

"你可不要被火焰吞掉。"

火华前往的目的地就是灰岛重工。

"这个太厉害了！！"

研究员看到火华的研究成果，兴奋地说道。

因此，火华得到了大队长的地位。

修女火华成为了第5特殊消防队的大队长公主火华。

——樱花漫天飞舞。

火华恢复了意识，首先跃入她眼中的是美丽的樱花瓣和修女爱丽丝忧心的面容。

看来，在她被森罗打得失去意识后，她一直枕在爱丽丝的膝盖上。

"虽然热度下降了，但这花瓣还是很危险的。"

森罗对修女说道。

"我有姐姐给我的防火服，没关系的。"

修女罩上了帽子，但森罗还是有些在意。他脱下自己的防火服，披在修女身上。

"谢谢。"

"怎么回事。"

火华茫然地自语道。

自己为什么会输？修女为什么会在照顾自己？为什么人会起火……

仿佛在回忆往昔一样，修女露出一个恬静的笑容。

　　"对于修道院里无依无靠的大家来说，姐姐是我们的向往！漂亮又聪明，还会操纵火焰，是寂寞不安的孤儿们的英雄啊。"

　　听到这儿，火华若有所失地说：

　　"我一介孤家寡人……只有火焰是我的依靠……但是，连它也背叛我了……你们这些沙砾可以依靠我……我却什么依靠都没有了。"

　　森罗在火华身边蹲下，用大拇指指了指自己。

　　"英雄就在你眼前。"

　　火华看着他，一副"你究竟在说什么"的神情。

　　森罗站起身，又用食指指了指头顶，笑了起来。

　　"冲着天空喊我的名字！！无论何时我都会赶来帮你的！！"

　　森罗如此率直的发言令火华大为震惊。她挺起身，摸了摸脸颊。

"无论何时……打人倒是痛快。说什么蠢话……而且你有什么理由救我？"

"不需要理由。"

森罗一本正经地说。

"消防官和军人不同。不管是罪犯还是其他人，谁有困难就去帮助谁。英雄不就是这样吗？"

听了森罗的话，火华瞳孔中的花瓣变成了爱心状。

"随你怎么说，我输了。我没有接受过正式的战斗训练，你打败了失神也打败了我，我不打算再和你打下去了。"

火华认输了。一旁的修女兴奋地双手合十。

"我畏畏缩缩的性格……有稍微改善吗？"

修女摘掉帽子，害羞地笑着。

"你也真是的……竟敢一个人闯到第5队里来。"

火华正色道。修女眼睛泛着泪光，说道：

"因为我还想再看一次姐姐做的美丽的花。"

"的确有过这样的约定……"

火华露出温柔的笑容，她靠近修女，右手掌心朝上。

火焰从手心延伸出来，描绘出盛大又美丽的花朵。

"这是。"

修女抬头看着火焰花，感动地说道。

"嗯。"

火华点点头。

"是菖蒲花（爱丽丝）。"

火焰描绘的正是硕大的菖蒲花。

"姐姐，我好喜欢你！！"

修女紧紧地抱住了火华。

爱丽丝离开后，火华对森罗说道：

"反正是我输了，当然，你们也是为救爱丽丝来的……"

她看着森罗，瞳孔从爱心变回了花瓣状：

"这次第8队的目的应该是我的研究资料吧？那我就把'人体自燃'的真相告诉你们'……"

第18章　火焰诞生之处

与此同时，第8特殊消防教会里，樱备正为了今晚强袭的顺利进行在打电话。

"长官，虽然比预计时间早了一些，但我们已经开始了对第5队的调查。措施多少有些强硬，还麻烦您替我们向各方打好招呼。"

他撂下电话，急匆匆地换上防火服。

虽说队员们已经提前出发了，但樱备还是忧心忡忡。

火绳和队员们的实力值得信赖，不过和第8队不同，第5队人数众多。

必须早点赶去支援……

樱备终于准备妥当，他用队员专用的无限通话器呼叫火绳：

"喂，是火绳吗？——工作花了点时间，我现在就过去……欸？！"

在四下无人的教会里，樱备不由自主地大声

说道。

"结束了?! 好厉害!!"

森罗和修女正准备离开时,发现基地各个地方都横七竖八地倒着第5队的队员。

(一定是火绳中队长的杰作……)

他们心想。

"第8队还真是闹得天翻地覆啊……"

火华略感惊讶地说道。

"这次骚乱……你准备怎么和上面的人还有躺着的这些沙砾解释?"

"樱备大队长貌似打算假借夜间联合演习的名义……"

"在那之前,你们就闯进来了吧?总是这副德行,以后可要碰壁哦。"

就在森罗和火华你一言我一语的时候,修女突然拍了一下手掌,眼神亮了起来。

"我想到了一个好主意!接下来第5队和第8队一起聚餐怎么样?!"

"这个有点……"

修女如此天真的提议让森罗感到十分困惑。

"嗯，不错。"

火华竟然同意了。

"想要骗过对方，愚蠢的方法往往容易成功。就说是为了测试一下第5队的战斗力，我拜托第8队扮演敌人，搞了一个突袭战斗演习吧。"

的确，这样一来就说得通了。火华继续说道：

"森罗，帮我召集闯进这里的第8队队员。我们举行庆功宴。"

"你们还真的很愿意帮忙啊。"

面对态度骤变的火华，森罗显得有些不知所措。

"但是……"

火华红着脸，忸怩地移开了视线。

"因为我喜欢上你了……"

听罢，森罗的心跳仿佛漏了一拍，脸上立即浮现出了一个一言难尽的表情。

"——欸？！"

在第5队的基地内，第5队和第8队的联合烤肉大会匆匆开始了。

火绳站在放着食材的烤肉网后面，神色起了变化。

只要把蔬菜和肉快速穿成串，然后控制火的大小，就能用最棒的手艺和最佳的火候来烧烤！！烧烤！！烧烤！！

接着，他把做好的烤串递给了刚才暴揍过的第5队队员们。

"给。"

"啊，是……"

队员们被火绳的反应吓得目瞪口呆，把手伸向了烤串。

看上去，对于与第8队联合搞突袭战斗演练这件事，第5队的队员也已经表示认可了。

茉希正站在隔壁的烤肉网边上操纵火焰，她做了一个面容可爱的小火球。

"嘿。"

眼睛浑圆、樱桃小口的是扑哧扑哧，吊眼梢、怒气冲冲的是轰隆轰隆。

"哇",第5队三天使3的几名女队员看着可爱的小火球不禁发出赞叹声。

这时,突然现身的亚瑟挥动着王者之剑,将扑哧扑哧和轰隆轰隆斩杀掉了。

"受死吧!!鬼火!!"

"喂,你发什么疯?!"

茉希泪眼婆娑地抗议道。亚瑟冷冷地说:

"中队长发话了,茉希再玩火就灭掉。"

"现在不是讲规矩的时候吧!我的扑哧扑哧和轰隆轰隆。"

在和气融融的烤肉大会的一角,樱备和火华正神情严肃地站着谈话。

"情况我听说了。也就是说第5队愿意全面配合我们。"

"不是第5队,是我个人。"

火华纠正道。

"虽说只是基层组织,但第5队背靠着灰岛。现在,第8队还无法与灰岛正面抗衡。你们是想先揭露研究资料，然后从第 5 队下手吧？"

"不错……"

樱备含糊地答道。火华将尖锐的目光移向樱备。

"你们是怎么搞到第 5 队的情报的？你们背靠着的究竟是谁？爱丽丝的行动也在你的计算之内吗？"

"怎么可能……不过她的确是对付你的杀手锏。"

面对樱备顽固的态度，火华脸上露出一丝不满。

"装傻，真让人不爽。还说敬语，你比我年长不是吗？"

"作为大队长，你是前辈。"

"像你这样的肌肉大猩猩是无法理解第 5 队的资料的。我愿意合作，你就该谢天谢地了。"

"你为什么会突然改变主意？"

樱备惊异地问道。就在刚才，他们与第 5 队还是敌对关系。

"被你的队员感化了。"

樱备迟疑了一下。

"森罗吗？"

"不是……也可以这么说，但绝对不止于此。"

火华略带羞涩地否定道。她轻轻吐了口气，继续说：

"之前，因为一件事我开始对火焰感到绝望。对这个国家、这个世界了解得越多，我的心里就越发扭曲……我把这种扭曲当成是自己变强变聪明的证据。要想与这垃圾一样的世道抗衡，唯有以恶制恶。可是……"

火华望着远处正与修女聊天的森罗，伸手摸了摸贴着胶布的脸颊。

"被自诩英雄的森罗打飞之后，我想起来了。火焰的温暖、正义的温柔。也让我重新触碰到与世间万恶作斗争的理想……"

"森罗对你来说是英雄吧。"

"不……才不是这样。"

樱备不顾火华的否认继续说道：

"他是第8队引以为傲的英雄。他一定会戳破那些被火焰囚禁的世界的黑暗。"

"对各队进行调查、追踪火焰的谜团应该就是第8队的目的吧？"

"是的。所以我们才来抢夺第5队的资料。"

樱备扬起眉梢，神色严厉地看着火华。

"我听说你的研究内容里有解释人体自燃原因的数据。是真的吗？"

"嗯……这样你就明白为什么我会变成恶魔了吧？"

火华严肃地说出了一个惊人的事实。

"有人正在亲手制作'焰人'。"

"——当然，并不是世上所有的人体自燃现象都是由此产生的。可在研究过的实验体中，有一些与其他存在着明显的不同。"

听罢，樱备困惑地挠了挠头。

"你们对尸体进行研究了吗……当真如此的话，问题会变得很严重，我会当作没有听说过。"

火华皱紧眉头，露出了一个凶险的笑容。她从指尖喷出火焰，接着火焰扭转成了一朵小花。火华盯着那朵花，诅咒一般地说道：

"我的朋友……修女们都被烧死了。如果这些都出自某些人的手笔，我对有着'憎恨'花语的小连翘起誓，无论采取何种手段，都要找到并烧死他们。"

"果然有人人为制造人体自燃……我绝对不会让他们得逞！一定会把他们揪出来！！"

樱备的后槽牙被咬得咯咯作响。

"我们的目标是一致的。"

"哼，虽然我不太情愿。"

火华拍了一下樱备高高举起的手，二人击掌为誓。

火华脸色沉了下去，继续说道：

"不过之后的调查可就棘手了。"

"你的意思是……"

"现在已发现的疑似人造'焰人'都集中出现在新宿地区……"

火华的话令樱备神色骤变。

"那是……第1队的管辖区……"

第19章　第1队调查开始

第1特殊消防队大圣堂。

这个建筑高达几十米，内部被墙壁、石柱和五彩斑斓的彩绘玻璃窗装饰得金碧辉煌。

第1特殊消防队的三名中队长正聚集在祭坛前。三人都是神父，穿着同样的白色长袍。

一名男子从中间铺着红色地毯的过道朝祭坛方向走去。

他梳着背头，一头银发在后脑处束起，右眼掩在黑色的眼罩之下。

他就是第1特殊消防队的大队长李奥纳多·班兹。

班兹抱着双臂，肩上披着防火服，走到祭坛前停下。

戴着帽子的火炎·李眯着眼睛微笑着说：

"听说第8队和第5队举行了联合演习。"

"太反常了……"

卡力姆·福拉姆冷漠地应和道。他耳朵上罩着一个大耳机，一副睡眼惺忪的样子。

烈火星宫留着棕黑色头发，眉相坚毅，双瞳中有两颗熠熠闪光的小星星。他默默地听着二人的对话。

班兹看着他们三人，严肃地开口道：

"樱备终于出手了。"

"嘎啊啊啊啊啊啊！！"

全身碳化的"焰人"大吼着在街上到处游走。

"森罗！！"

"是！！"

樱备一声令下，森罗双脚释放出火焰，腾空而起。

"焰人"见状，立刻攀上了大楼的墙壁。他一边从体内向外喷火，一边扒着通风管道和阳台护栏，一路蹿上了屋顶。

森罗加大火力，追了上去。

"焰人"摆出作战的架势，然而不知什么时候，

樱备绕到了他的身后。

"火焰乃灵魂之吐息……黑烟乃灵魂之解放……灰烬归于灰烬……"

觉察到樱备的"焰人"转过身去。

樱备用核心歼灭盾锥抵住他的胸口，吟诵着镇魂之词，扣响了扳机。

"灵魂啊，化为熊熊烈焰吧。"

啪！

巨型弹桩打穿了"焰人"的核心，镇魂结束了。不破坏掉"焰人"心脏处的核心，就无法阻止他的行动。

回到地面后，普通消防队开始对"焰人"出现的地点进行灭火。

"多亏了你的诱导，我们才能把损失降到最小。"

樱备拍拍森罗的肩膀。然而，森罗却面无表情。

"焰人"曾经也是人，他们是人体自燃的牺牲品。

借着镇魂之名，将"焰人"从这个世界抹杀掉。森罗还是无法习惯这件事。

"杀人魔!! 把正雄还给我!! 你这个杀人魔!!"

在禁止入内的警示带对面，一个女人发出刺耳的尖叫声。她应该就是"焰人"化之前的男子的恋人吧。

"可是那个人已经死了，我们必须对他进行镇魂。"

亚瑟说道。

"她还没能接受失去挚爱的痛苦。有时候把责任转嫁到某人身上会更轻松一些。'人体自燃现象'……不是任何人的错……"

樱备声音低沉地说道。

他回到火柴盒里，摘下防火帽，叹了一口气，表情又复杂且凝重了起来。

"不是任何人的错——之前我是这么认为

的……"

森罗露出可怕的神情,接着樱备的话说道:

"火华大队长的调查说,在第1队的管辖区新宿,有人正在制造'焰人'。"

"究竟怎么回事……"

樱备面色沉重地低声道。

"究竟怎么回事……"

回到第8特殊消防教会后,难掩怒气的樱备站在自己的柜子前自语道。

他倒不是为如何调查第1队辖区这件事而伤脑筋。

樱备的柜子上贴着一张写着"给森罗涨工资!!"的便签纸,上面还用钉子钉着一个稻草人。

四周用油性笔写着各种各样的脏话。"蠢蛋""猩猩""头脑简单"。

樱备冲到事务所,质问森罗。

"森罗!!你怎么还在我的柜子上胡闹!!适可而止!!"

"咕咚。"

正在吃便当的森罗一边吞咽着嘴里的食物，一边反驳道：

"我说过不是我干的！！"

倚着墙边的火华抱着胳膊，冷静地说：

"森罗在吃我做的便当。你不要在这儿捣乱。"

"又是你的杰作吗？"

樱备怒气腾腾地瞪着火华。

"为什么第5队的大队长会在这里？"

"现在是午休时间。"

火华说道，随即取出乌龟形状的菠萝面包。

"你可不要误会。我忘了我已经做了便当，所以才买了面包。我一个人又吃不了，不是很浪费吗？没办法才给森罗的。"

这简直像一个傲娇女高中生的借口。

"我可没问你……"

樱备败下阵来，他叹了口气朝森罗怒吼道：

"森罗，你想办法管管这个女人。"

"欸？！但是便当真的很好吃啊。"

森罗狼吞虎咽地吃着，不慌不忙地答道。听到森罗的话，火华害羞地笑了起来。

"是嘛……很好吃吗……哈哈。"

"可恶！居然把我的队员训得这么服服帖帖。"

樱备眉头紧锁，腰靠在自己的桌子上，抱着脑袋。

"我必须研究如何调查第1队了！不要再给我找事！！"

"什么，还没有对策吗？四肢发达的无能大猩猩。"

火华骂道。

茉希和修女拿着毛巾从她身后走过。

"那个，借用一下男子淋浴间。"

火华闻声转过身。

"没有女浴室吗？"

"现在发生故障了。"

火华立即对森罗说道：

"离开这个破烂队伍，到我这里来如何？"

"禁止挖墙脚！！"

樱备赶忙插话道。

最后，火华也莫名其妙地跟着茉希和修女走了。樱备终于可以集中精神。

但他始终想不出好的对策，就这样几十分钟过去了，三个女孩子从淋浴间回来，看上去十分亲密。

"真好啊。你们两个都那么有女人味，身体软糯糯的……"

茉希看着二人，羡慕地说着。

"你才是呢，一看就是经常锻炼的健美身材。"

火华答道。

"真想让我的队员都来取取经。"

"啊……是吗？"

森罗说："看来你们相处得不错嘛。"

"嗯，毕竟是坦诚相见过的同伴。"

火华郑重其事地说道。

"啊……"

森罗的脸上浮现出一个似笑非笑、似怒非怒的复杂表情，他兴奋地说道：

"坦……坦诚相见的……同伴……"

"表情这么下流，还称什么英雄。"

亚瑟惊讶地说道。

森罗上去一把扭住他。

"和表情没关系吧！！"

"但你的表情实在太可怕了！！"

"比中队长强吧！！"

"他和你这家伙比还差得远！！"

两人对骂着扭打在一起。在他们旁边，火华她们几个在谈论最近新开的蛋糕店，好像在开午餐会一样，聊得热火朝天。

一片喧闹中，火绳充耳不闻地在整理报告书，终于他忍无可忍，暴跳如雷地吼道：

"你们几个！！如果偏要在这里给大队长捣乱的话就快点滚出去！！已经没法思考作战计划了！！"

火绳的怒吼过后，屋子里瞬间安静了下来。樱备拍案而起。

"有了！！"

众人的目光聚集在樱备身上，只见他伸手指着森罗和亚瑟。

"森罗！！亚瑟！！你们俩给我滚出第8队！！"

空气静滞了一秒，森罗和亚瑟不约而同地发出惊讶声；

"欸？！"

火华小声地对一脸错愕的森罗说：

"要不要来第5队？"

"怎么会……要开除我们吗？！我好不容易当上了消防官……踏上了英雄之路……"

森罗垂头丧气。

"我的骑士王之路被堵上了……"

亚瑟也有气无力地嘀咕道。

"开除是不是有点过分了？虽然他们俩有点蠢……"

"请高抬贵手……他们也算瑕不掩瑜嘛……"

茉希和修女纷纷为二人求情，只是这话说得有那么点不对味。

"稍等，不要操之过急！"

樱备安抚道。

"原来如此。"

火华一下子读懂了樱备的意图。

"你是想利用新人研修配属制度，让他们潜入第1队调查吧……作为猩猩你还真是绞尽脑汁了，樱备。"

"潜入第1队调查？"

森罗有些疑惑。

樱备重新对他们二人解释道：

"新人研修配属制度是消防队规章中的研修制度。入队第一年的队员可以短期加入其他部队来增长见识。你们两个，潜入第1队去调查。"

"我和亚瑟去第1队？"

"第1队的辖区内……第1队的队员中或许有人正在人为制造'焰人'。我希望你们能找到那个人的线索！这是为了解开人体自燃现象的重要任务！拜托了二位！"

森罗恍然大悟，神色紧张了起来。

"如果真的有人在人为起火，我饶不了他！！"

"只有第8队的话，很可能会引起怀疑。我们第5队也会派人的。"

火华插话道。

"这两个人没问题吗？"

听到火绳的话，樱备的视线重新锁定在二人身上。

他感到了一丝危机，拍了拍森罗的肩。

"森罗！！你要好好干！"

"是！！"

森罗十分理解樱备的心情，他挺直了腰板。

见状，亚瑟露出了一个轻松的笑容，他好像没有意识到自己被忽视了。

"哼，那家伙真令人操心。"

第20章　第1队潜入作战

研修首日。

森罗和亚瑟穿着立领斗篷，戴着制帽，来到第
1特殊消防大圣堂前。他们仰望着面前耸立着的圣
阳尖顶塔。

几十米高的巨大石柱直冲云霄。

"这就是圣阳尖顶塔吗？比想象的还要雄
伟啊。"

森罗惊叹不已。

"行李已经提前送过去了。请到那边办理入队
手续。"

穿着紧身裙的茉希赶来了，正在招呼集合完毕
的新人队员们。

"为什么我要来第1队……懒得动……"

第5队的透岸里吹着泡泡糖嘟囔道。

"我这样的人也配加入神圣的第1队吗？"

第2队的新人队员破坏兵器也有些惴惴不安。

第1特殊消防大圣堂前
圣阳尖顶塔

森罗看着这两个人，悄悄对茉希说道：

"怎么还带了两个累赘，没问题吗？"

"为了掩人耳目，你们要好好相处哦。"

茉希有些担心地答道。

森罗和队员们在茉希的带领下进去办理好了登记。

"大圣堂在这边。"

茉希打头阵，一行人向大圣堂方向走去。第1队的大楼是个华丽的建筑，和破烂第8队截然不同。森罗四下张望着，沿着走廊前行。

"你们就是来研修的新人吗？"

一名戴着耳机、眼神凶恶的男子抱着胳膊，背靠柱子站着。他穿着白色的立领长袍，脖子上挂着圣阳教会的十字架。

男人目不转睛地盯着森罗，肆无忌惮地说道：

"真是的……看看屎能拉得多臭？熏死人的臭狗屎！"

"什么……"

森罗顿时怒火中烧，但立刻转念一想，虽然他的话听上去像是在骂人，但翻来覆去也不过是在说屎是屎而已。

这人究竟是怎么回事？这时，男人又转向了亚瑟。

"腚也就是腚，你的腚就像腚一样。腚就该有腚的样子，好好腚着吧，腚！！"

"你说什么？！"

亚瑟暴跳如雷，森罗拦住了他。

"别急，他只是在说腚是腚而已。"

"……？"

对亚瑟来说，森罗的话可能过于难以理解，他困惑地愣在那里。

"班兹大队长在等着你们。跟我来。"

（第1队的班兹……十二年前那场火灾的知情者。）

十二年前，森罗的家发生了火灾。森罗的妈妈和尚在襁褓中的弟弟小象被烧死了。

结果，那场火灾以拥有起火能力的第三代——森罗为理由结案。然而熊熊烈火之中，森罗亲眼目睹了长着角的"焰人"。

并且，森罗认为班兹或许知道那场火灾的秘密。

（妈妈和小象……将我家人拆散的那起事件……如果是某人所为……）

"这儿就是大圣堂。"

男人双手打开大门。

迎接他们的是一个庄严又无比宽敞的空间。

铺着红色地毯的过道延伸至祭坛前，班兹抱着双臂正等待着他们。

"欢迎来到第 1 队。"

（近在咫尺了……）

能够接近掌握着那场可怕火灾真相的人，森罗格外兴奋。他露出一个凶狠的笑容，从帽子的阴影处注视着班兹。

"我是隶属于第 8 队的一等消防官茉希尾濑！已将研修新人带到！"

茉希在楼梯前驻足，右手敬礼。

"虽然你们戴着帽子，但这里是大圣堂。不好意思，可以不要敬礼改用合掌礼吗？"

班兹语气平静地提醒道。

"失礼了！"

茉希赶忙合掌。她将双手大拇指的第一关节到指尖处贴合在一起，其余手指摆出一个三角形。这是圣阳教会的合掌礼。森罗等人也照做。

"这是第1队的卡力姆·福拉姆中队长、烈火星宫中队长和火炎·李中队长。他们会照顾你们。"

班兹介绍了祭坛上的三名中队长。刚才在走廊里搭话的是卡力姆中队长，黑发且性格开朗的是烈火中队长，戴帽子的是火炎中队长。

"今天你们参观设施后就先好好放松放松吧。"

"班兹大队长，能耽误你一点时间吗？"

班兹刚准备结束讲话，森罗突然开口道。

"从现在起的一段时间，我们要和第1队的队员共同作战。尽管有些冒昧，为了让你们更了解我们的实力，可否请您来与我们过两招。"

"森罗！你在胡说什么！"

茉希立刻打断了他。剩下几名新人队员也躁动不安起来。

"你们的能力，我们已经通过资料掌握了。没必要现场演示。"

烈火冷静地训斥道。

"无妨。烈火，你也来陪他们过过招。"

"欸?! 可以吗?!"

班兹的话让烈火吃了一惊，他声音嘶哑地说道。看来，他早就想这么做了。

"森罗! 你有什么企图?!"

茉希小声地逼问道。

"试探一下罢了。"

森罗低声回答，他扶着帽檐，稍稍低下头，朝班兹挤出一个无畏的笑容。

"如果我侥幸拿下一局，还请回答我一个问题。"

班兹面不改色地答道:

"可以。"

第21章　第1队的能力者们

同一时间，樱备在第8特殊消防教会的事务所里走来走去、坐立难安。

"哎，果然还是很担心啊。"

"人都已经送过去了，你就先沉住气吧。晃来晃去真的很碍眼。"

然而火绳的提醒并没有让樱备停下脚步。

"话虽如此，但作为队长怎么能不担心呢……"

"真是碍眼啊……"

火绳发牢骚道。

"欸！！冷静点！！快回去干活！！"

火华冲樱备大喝一声。

"不如你也回第5队去如何？"

火绳冷冷地回怼道。

"不过，森罗那小子，不要因为赢了我就得意忘形才好……"

火华抱着胳膊，有些担心地说道。

"其他的大队长都是身经百战的勇士……绝不容小觑啊。"

森罗一行人离开大圣堂，来到一个被铁丝网围起来的操场，看来他们要在这里较量了。

（我会大展身手的，可恶！！我要让你把你所知道的统统给我吐出来！！）

森罗站在第 1 队的队员前，握紧了拳头，表情凶狠地瞪着他们。

"他有必要那么气势汹汹吗？"

火炎一脸困惑。

"来到第 1 队太高兴了，所以有些兴奋了。"

茉希尴尬地答道。

"这位队员很有活力嘛！！我也燃起来了！"

烈火的眼睛闪烁着光芒。

这时，一名扎着双马尾、身穿超短裙的女队员嘴里一边嘟嘟囔囔地抱怨着，一边从铁丝网外面跑进来。

她就是第 1 队的新人队员环古达。

"臭小子！！一来就敢和队长他们过招！！"

几天前的新人大会上，环和森罗他们已经打过照面了。她还和森罗、亚瑟一起对抗过突然闯入大会的神秘男子Joker，算是战友。

环十分钦佩烈火中队长，她发现森罗等人的身影后，抓着铁网大嚷：

"那家伙要是敢伤烈火中队长一根汗毛，看我不宰了他！！"

队员们正在决定对抗的顺序。

亚瑟："从谁开始？"

"从数字靠前的队伍开始出人吧。"

班兹答道。

"大家不必留手，请自由使用技能，尽情地展示自己的实力吧。"

"也就是说……欸！！从我开始吗？！"

穿着不倒翁一样巨型防火服的破坏兵器惨叫着抱住了脑袋。

"我是中队长星宫，我来做你的对手！！"

烈火走上前，爽快地抛了个媚眼。

"我是第2队的二等消防官武能登。老家是种土豆的，所以大家都叫我'破坏兵器'。"

"原来如此！！破坏兵器！！来场热血的对决吧！"

烈火攥紧右拳，火焰忽地从手里蹿了出来。

"火……着火了……"

见状，破坏兵器惨叫了起来。

"那家伙没问题吗……"

作为特殊消防官居然那么怕火……森罗有些担心。这时，排球大小的火球围绕着破坏兵器一个接一个地出现。

"哇……我也起火了……谁能来扑灭我的火呀。"

接着，破坏兵器周围的火球又变化成小型导弹。

"很好，不错嘛，这就是你的热情吧！！"

烈火的情绪越发高涨了。

"不好！！一点都不好！！哇……好烫！！"

导弹飞速旋转着，瞄准烈火。

"很厉害嘛，破坏兵器！！把你最厉害的火焰亮出来给我看看。"

班兹看着激情洋溢的烈火低声说：

"今天热得让人窒息啊。"

"班兹大队长！！ 那个……是不是不太妙啊?！"

火炎数了数环绕着破坏兵器的导弹数量，露出了焦急的神色。

破坏兵器的导弹同样也正瞄准着站在烈火身后的他们。

"我来应付流弹。"

卡力姆右肩扛着一个类似大号的大型乐器，左手持铃。他叹着气走上前。

"真是的……麻烦事真的很麻烦，不能怪人嫌麻烦。"

森罗等人也在火炎的引导下，聚集在一直发牢骚的卡力姆的身后。

烈火瞳孔中的星星闪烁着，他朝破环兵器大声喊道：

"沸腾吧！！ 你这样的才能正是我们这些消防官翘首以待的！！"

"不要这样！不要再煽风点火啦！我好怕火啊！！我当消防官只是希望别人来扑灭我的火！！"

破环兵器尖叫着，两只手不停地挥舞。

"总是有人煽风点火啊！！"

这时，导弹齐发，朝着烈火飞了过去。

"好厉害！！看看这个热量！！招招式式都是破坏兵器！！"

烈火爽朗地笑着，脚步轻巧地躲过了接二连三的导弹。

"不错！真棒！继续保持！"

卡力姆惊讶得张大嘴巴，因为烈火避开的导弹统统朝着自己的方向袭来。

"你这不是全都躲开了嘛！！省事精就是会省事啊！省自己的事！"

听到卡力姆的抱怨，烈火微微一笑，朝他抛了一个媚眼。

"不是有你在我身后嘛！！"

"切。"

卡力姆咂了一下嘴，摇响了左手的铃铛。

（飞眼）

呼

不是有你在我身后嘛!!

你这不是全都躲开了嘛!!

省事精就是会省省事啊！省自己的事！

（嗖）

切

铃铃!

下一秒,逼到卡力姆眼前的导弹就一下子全都消失了。

"什么!!"

亚瑟震惊道。

"消除了?!"

森罗也开始怀疑起自己的眼睛,如此高的热量是不可能被完全消除的。那庞大的能量究竟去哪儿了……这时,卡力姆又一次摇响了铃铛。

伴随着铃响,从地面的乐器前端气势汹汹地流出一股冷气,将距卡力姆半径数米的区域冻结住了。

"这是怎么回事!?"

冷气仿佛一场巨大的暴风雪。森罗皱紧了眉头。

"怎么回事?! 好冷!!"

"火焰变成了冷气?! 究竟怎么回事?!"

茉希目瞪口呆。卡力姆从乐器的前端释放出冷气,做了一个巨大的冰柱。他竖眉瞪眼地怒吼着,将冰柱丢了过去。

"烈火！！要是没有我，大队长就该遭殃了！！"

烈火慌张地避开。

"所以我才说有卡力姆你在啊。因为我相信你！！"

"第1队居然有不喷火而是喷冰的消防官啊……！！"

亚瑟说道。

"你在说什么蠢话？"

卡力姆回嘴道。

"我是第二代。怎么可能有人会喷冰。"

"第二代……"

森罗自语道。

也就是说，他有别于森罗等人的第三代，虽然能操纵火焰，却无法自己起火。

不过话说回来，从未听说过有人拥有释放冰的能力啊。

"那么，刚才那个冰……"

茉希问道。

"那家伙不是喷了火焰一样的火焰嘛。"

卡力姆指着破坏兵器答道。

"我只不过利用了一下他的火焰而已。"

"是怎么利用的？"

森罗疑惑不解。

"那叫'热音冷却'。"

卡力姆说出了一个陌生的词汇。

"简单来说，它是一种将热能量转化成声音，再将声音转化成冷气的技术。热经过压缩能够转化成声音。而声音通过与空气摩擦转化成冷气。"

"你是说火焰的能量被转化成声音和冷气了吗？"

面对森罗的疑问，卡力姆点点头继续说道：

"热转化成声音时，以及声音再转化成热时，温度会下降……这一过程会不断重复。通过这个类似管乐器的环状喷枪，我可以将火焰急速冷却成冰。空调和冰箱也是将热气转化成冷气不是嘛，虽然原理稍有不同。"

亚瑟呆住了，或许这些话已经超出了他的理解范畴。旁边的森罗对第1队队员的超凡实力也有了新的认知。

（不愧是被称作精英的第1队。在第1队的辖区内，有人正在人为地制造"焰人"……或许犯人就在这其中，也或许全员都是同谋……）

森罗仔细地观察着三名中队长。

"那么继续——"

班兹环视了一下剩下的几名队员。

"我不做无谓的争斗，非常抱歉。"

火炎拒绝了。

"我的能力也是和资料上的完全一样，不多不少，所以就免了。"

第5队的透也拒绝了，接下来就是第8队。

"那么接下来是……"

班兹的目光落在森罗和亚瑟身上。

"我来做你们的对手。"

这一时刻终于来临。

（第1队的大队长李奥纳多·班兹！！给你点颜色看看！！）

森罗摩拳擦掌，热血开始沸腾。

"大队长凭什么要为了那种家伙！！"

环拼命地摇动着铁丝网。

"大队长居然特意为了其他队的二等消防官出手。他都没做过我的对手。"

破坏兵器看到环的身影，悄悄涨红了脸。

（那个女孩曾在新人大会上见过！）

看起来，环令他十分在意。

"居然能亲眼见到传说中的班兹大队长过招……"

面对这出乎意料的发展，茉希倒吸了一口气。

班兹从右眼眼罩下面喷出火焰，说道：

"出招吧。"

森罗脱掉拖鞋，准备伺机而动。这时，

"没你出场的分儿了。"

亚瑟一步上前，举起了王者之剑。

"我会干净利索地拿下一分，完满收官。"

亚瑟重新确认了一遍，"左手是拿茶碗的手，右手是握筷的手"。他右手紧紧握着剑，奋力蹬地。

第22章　森罗 VS. 班兹

"哈啊啊啊！！"

亚瑟忽然向班兹逼近。

班兹慢慢地将左手挡在身前。看到这个举动，亚瑟顿时停下脚步。

森罗心想：好强的压迫感。

"你想用那只手怎么对付我……"

亚瑟警惕地说道，此时他脸上早已浮出了一层汗珠。

"尽情发挥出你的实力吧。否则，这场切磋就没有意义。"

班兹冷静地说道。

"……手臂被我砍断可别怨我。"

"那种水平的火焰是无法砍断我的。大可放心。"

班兹露出了一抹隐隐的笑容。

"那种水平……亚瑟的王者之剑可是削铁如

泥啊。"

茉希嘀咕道。

"别后悔！！"

亚瑟再次奔跑起来，挥动着王者之剑。

可是，班兹并没有躲闪，他用左手背挡住剑刃。

"一击必杀的剑⋯⋯还有后手吗？"

他一边说着，一边扭动手腕。只是微微一动，亚瑟的剑就整个被弹飞了。

"怎么会⋯⋯这可是连茉希都无法消除的王者之剑啊。这可是王者之剑啊⋯⋯"

剑身消失了。亚瑟凝视着只剩下剑柄的王者之剑自语道。因为过于受刺激，他的脸色变得铁青。

这时，森罗从他的头上一跃而过。

"干什么呢？谁允许你放水的！！"

森罗气势凶猛地冲着班兹一记飞踢。

班兹仅靠左手就挡住了森罗右腿的进攻。

飞踢引发了班兹身后巨大的爆炸，一时间地动山摇。

"这名队员的威力也很惊人啊！"

烈火感叹道。

（你知道十二年前的火灾吧！！）

森罗借着怒气，不断地进攻。

然而，班兹仅用手臂进行防守，并未离开原地一步。

"不躲开可是会没命的！！"

森罗劝说道。他在火焰喷射的助力下，使出了必杀技回旋踢。

（弟弟去哪儿了！！快告诉我！！你这个狡猾的老头！！）

可班兹纹丝未动，他用胸膛接住了森罗的那一脚。

班兹的衬衫被烧焦了，冒出了黑烟。

"什么……"

竭尽全力的一击竟然没伤到班兹分毫，森罗内心溃不成军。

一旁观战的亚瑟低声道：

"别开玩笑了，我才没有放水。"

他的身体怎么会这么热……森罗动弹不得。

"你为什么要当消防官？"

班兹从眼罩下方喷出火焰，问道。

"我的妈妈和弟弟在火灾中丧生了！！"

森罗怒视着班兹大喊道。

"我要解开人体自燃现象的谜团，不让那天的火灾再次发生！！我要成为把世界从火焰的恐惧中解救出来的英雄！！"

这是森罗最真实的想法。

然而，班兹俯视着他，用一种仿佛直击心灵深处的声音说道：

"你还差得远呢。"

班兹朝着身体僵直的森罗，左脚轻轻踏前一步。

下一秒，森罗的体内仿佛千军万马袭来，他被这股力量向后推出几米远。

"我已经见识了你们的实力。欢迎你们来到第1队。这次研修入队，希望你们能满载而归。"

班兹气息平稳，一副若无其事的样子。相较之

下，森罗对他们实力上的差距倍感绝望。

（我使尽浑身力气的一击……只有这种程度吗……李奥纳多·班兹……）

"大队长和中队长，你们没有受伤吧?!"

一直在等待对决结束的环从铁网外跑了进来。

"环。"

烈火朝她看去，只见环在空无一物的地面上绊了一跤，径直向烈火的怀里扑去。

"哇!!"

能在空荡荡的地方上演性感的突发事件，不愧是拥有"被吃豆腐"体质的环。

"好啦!"

就在环即将扑进烈火怀里的前一秒，烈火抓住了她的肩膀，将她举了起来。

"环!! 我是不会轻易让你的'被吃豆腐'体质得逞的!!"

"烈火中队长，总是给您添麻烦，真的对不起!!"

环脸羞得通红，惭愧地说道。

"别在意，替我带他们参观一下第1队吧！"

"是！！"

此时，森罗正茫然地坐在操场上，回想着与班兹实力上的差距。

（你还差得远……如果是这样，我该如何成为英雄……）

卡力姆来到森罗和亚瑟面前。

"我是负责你们第8队的，虽说不敌班兹大队长，但你们二人也都相当相当不错。"

"这是当然！！"

亚瑟看起来自信满满，而他身边的森罗仍旧一蹶不振。

"谢……谢谢。"

见状，卡力姆对森罗说道：

"不过，之后是一直一直保持这种水平，还是不一直一直保持这种水平，都是看你们的造化了。就像热会转化成冷气一样，你们也会有所改变。加油吧！！"

卡力姆的措辞很特别，听起来好像是在鼓励。

亚瑟似乎完全没有理解他的话，而森罗则再次表达了谢意。

"谢谢！！"

天还未大亮，清晨的薄雾中，第1特殊消防队辖区内的一个电话亭里，一个身穿白色长袍的男人正在打电话。

"是的，传教进展顺利。"

男人用平静的口吻对着电话另一端的某人说道。

"可能会稍微受到一些妨碍，但没有问题。不会影响'焰人化'的进行。那么……传教者……"

男人挂断电话，走出了电话亭。

（第8队似乎已经开始潜入调查了。万万不可大意……）

男人小心地避开耳目，朝大圣堂方向走去。他想起了另外两名中队长。

（那两个人也要小心。碍事的话……就除掉吧。）

第23章 追击嫌犯！

铃铃铃铃铃……

研修入队第五天的早上，森罗被闹钟声唤醒。

研修将持续一个月。这期间，必须找到人造"焰人"的线索。

但真的找得到吗……

森罗十分忐忑，他打开窗帘，不由得"哇"地叫出声来。

火绳正抱着胳膊站在窗外。

"中队长！！你在干什么啊？！"

森罗打开窗子大声说道。

"没事吧？！没出什么问题吧？亚瑟还算认真吗？"

火绳面无表情地用监护人一样的口吻询问道。

"没问题！请不要每天早上都过来！！"

森罗从窗口探出身子，用力推着火绳的后背。

"偶尔也联系一下大队长。他很担心。"

"知道了！快走，快走。"

被森罗赶走后，火绳到教会的中庭与火华会合。

"我们这些其他队在这里乱逛，他们貌似也没有戒备。"

火华点点头。她环视着闲适幽雅的中庭，神色凝重地说道：

"若是在企业机密众多的灰岛领导下的第5队，这么开放的体制是绝不可能的。"

"经我调查，人造'焰人'频发于只有消防官才能进入的警戒区域或是封锁的火灾现场。虽然令人恶心，但嫌犯是特殊消防官的可能性很高。他究竟在不在第1队呢……"

吃过早饭后，第5队的透和第2队的破坏兵器到森罗他们的房间做客。

房间里正好有四张床，上面各坐着一个人。

森罗："说起来，第1队宿舍居然不是上下铺。"

"第5队也不是。"

透答道。

"紧急时刻如果跌落下来会受伤的，现在哪儿还有用上下铺的地方。第8队真老土。"

"第8队里可没有迟钝到会受伤的家伙。"

森罗回嘴道。

"那个……"

破坏兵器吞吞吐吐地说道：

"大家为什么会想成为消防官？"

"那是因为想成为保护大家远离人体自燃和'焰人'的英雄啊！！"

森罗在胸前握紧拳头答道。

"为弱者而战是骑士的分内之事。"

亚瑟摆出帅气的姿态，接话道。

"我毕竟是第三代，成为消防官可以更受欢迎嘛。"

透一边吹着泡泡糖，一边语气轻浮地回答。

听到这儿，破坏兵器的脸上浮现出一个怯生生的笑容。

"大家都好厉害啊。我连起火能力都没法好好掌控……也不像大家那样有着了不起的志向……"

"志向什么的都无所谓！只要最终能够帮助大家就足够了！"

森罗的话稍稍解开了破坏兵器面上的难色。

"是……是嘛，谢谢你森罗！！"

这时，传来了敲门声。在离门口最近的床上坐着的亚瑟站起身。

房门被用力打开，环闯了进来。

"喂！！早会时间到了！！各自立即回到配属的队伍去！！"

环颐指气使地说道。不知为何，亚瑟突然掀开了她的短裙。

"你干什么？变态！！"

环尖叫着按住裙子。

"对不起……有人敲门，我刚准备开门，你就……"

亚瑟原本想握住门把的手，不巧却落在了正好闯进来的环的裙子上。

环向后退去，结果撞到了身后的森罗，两人一起栽倒在床上。

"哇，等等！！"

森罗没来得及躲开，就被环压在了身下。

环噌地一下起身，接着对森罗拳脚相加一通暴击。

"混蛋！！不要靠近我！！"

"好痛，好痛，赶紧关掉你'被吃豆腐'的体质吧！！"

就在森罗抵御着环的攻击时，铛、铛、铛……忽然传来了钟声。

"什么？早会开始了？"

森罗咕哝道。

"是警报！！'焰人'出现了！！"

环神色严肃地发出指令：

"破坏兵器去星宫中队！岸里透去李中队！第8队的你们两个去和福拉姆中队会合！！"

"这次好像还不止一个。"

森罗跳上火柴盒后，卡力姆神情严肃地说道。

"被'焰人化'的受害者有五人。究竟是怎么回事……另外，同时还发生了多起人体自燃事件……"

（一个地方，同时有五个人……会有这么巧吗!?）

森罗面色冷峻地戴上了防火帽。

（可是，"焰人"真的能够人为制造吗……）

森罗一行人抵达现场。附近的居民东躲西藏，纷纷从"焰人"大规模生成处逃离。

"野坂小队负责确保市民安全!!松田小队负责搜集情报和向队员传达!!我们负责搜寻'焰人'，迅速将其镇魂!!"

卡力姆干净利落地向各队发出号令。

"第8队的两人和松田小队在这里待命!看着我们行动。"

"也让我们做些什么吧……"

森罗请求出战。

"新人插手会影响指挥，乖乖在这儿乖乖待着吧。"

卡力姆再次命令他们原地待命，随后带着自己的部下向巷子里走去。

"第8队的小毛孩们在看着呢。可别在他们面前出洋相。"

"噗哟噢噢噢噢噢！！噗哟嗅嗅呃呃！！"

伴随着巷子深处传来的怪声，"焰人"突然出现了。

"胡同内发现'焰人'！！灰烬归于灰烬……灵魂啊……"

卡力姆不急不慌地唱诵起祈祷之词，摇响了铃铛。

"拉托姆。"

铃！

由于热音冷却，"焰人"一瞬间化成了冰。

"镇魂就交给你了！我去追捕还剩下的剩下四名！"

"遵命！！"

卡力姆将摧毁核心的任务交给了队员，继续向深处走去。

这期间，其他小队正在引导普通市民向安全地点疏散。

他们迅速又有组织的行动令森罗十分钦佩。这时，面前的小巷子里，一名身穿和服的男子晃晃悠悠地走了出来。

就在森罗准备上前搭话时，从胡同里突然伸出了一只手，将一个装着虫子的小玻璃瓶抵在了男人的后背上。

"虫子！？"

下一秒，火焰从男人的脸上倾泻而下，他被"焰人"化了。

"出现了！！"

森罗朝着胡同奔去。

"什么！？ 就是那个人造'焰人'的嫌犯吗？！"

亚瑟也紧随其后。

"没错！！ 他把一个像虫子一样的东西植入了人体内。"

在进入第1队研修之前，第8队的队员从火华那里听说过有关人造"焰人"的情况。

"实验体'焰人A'相比于'焰人B',其核心的残骸物质表现出不同的特征。其中,我们找到了有别于被害者的生物的灰烬和DNA,可以断定那是'虫类'的遗传基因。"

火华叉着腰,对正在阅读报告的樱备说道。

"这是最终得到的确切实验结果。我们对几名'焰人'进行了调查,疑似人造的人体自燃实验体有共通之处。尸体的核心处有生物从外部侵入的迹象。就是'虫子'。"

也就是说,携带"虫子"的人很可疑。

"休想逃跑!!"

森罗脚后跟喷出火焰,向巷子飞奔而去。穿白色长袍的人转眼消失在了小巷深处。

"这个人该怎么办?!"

亚瑟似乎有些担心这个被"虫子"侵入的男子。

"现在只能交给第1队了!!"

森罗怒笑着答道,接着又加速奔去。

"谁!? 我绝不会原谅那个混蛋!保护市民才

是消防官！！休想从我的脚下逃跑！！"

森罗转过一条逼仄的巷道，突然急刹车。他睁大了眼睛。

在小巷尽头的垃圾场前面，站着两个身穿白色长袍的男人。

"你在干什么？我应该命令过你原地待命。"

卡力姆不悦地说道。

"森罗！发现'焰人'了吗？！"

烈火热情地搭话道。

（这些家伙……？！）

森罗看着二人。

携带"虫子"的男人穿着白色长袍。是这两人中的谁呢……不，或许两人都有可能……？

森罗一动不动。这时，亚瑟终于从身后追了上来，他举起剑。

"你们在这里做什么……我！"

为了不被看破自己的疑心，森罗的胳膊肘朝亚瑟猛地击了一下，让他闭上了嘴巴。接着，森罗说道：

"难得来一次新宿，迷路了。"

森罗艰难地寻找着措辞。

就在这时，环前来向烈火报告。

"烈火中队长！！镇魂已结束！李队和卡力姆队也已完毕。"

"环！做得不错！！"

烈火称赞道。

"好了，回去吧。"

卡力姆转身，朝巷口走去。

"喂，你干吗拦着我？"

亚瑟小声说。森罗没吭声，他目不转睛地注视着两名中队长。

第 24 章　火焰虫

　　回到宿舍后，亚瑟再次逼问森罗。

　　"那两名中队长不是人造'焰人'的嫌疑犯吗？你该不是因为恶魔降临所以吓得屁滚尿流了吧？"

　　森罗在床上坐下，劝说道：

　　"现在还分不清是敌是友。那个时候，如果你不管不顾地追问下去，结果发现第1队全部都是敌人该怎么办！！之前交手的时候你也看到了中队长们的实力，那可是能生产出人造'焰人'的人啊！？"

　　森罗的话令亚瑟陷入了沉思。

　　"我们有可能会被当场抹杀。"

　　沉默了一会儿，亚瑟开口：

　　"……那你打算怎么办？你也看到了吧？火华口中那个拿着'虫子'穿着长袍的男人。"

　　"嗯……亲眼所见！他把装着'虫子'的玻璃

瓶抵在普通市民的后背。紧接着……"

"就被'焰人化'了。"

亚瑟接着森罗的话说道。

"太可恶了！！"

森罗怒吼。

"我曾设想过，但怎么也没想到竟然是消防官在制造'焰人'……"

"穿长袍的人中，你见过的只有第1队的三名中队长。首先只能从曾在现场露面的卡力姆和烈火查起了。"

"挺积极嘛……对手可是强敌。"

森罗看着亚瑟，仿佛在试探他是否做好了觉悟。亚瑟意志坚定的目光从金色的刘海后方投射过来。

"当然。无论是谁，我都绝不会原谅！！"

"先从卡力姆的房间开始！"

森罗走在寂静无人的楼道里。

"现在不在吗？"

亚瑟问道。他把卫衣的帽子罩在头上，用口罩遮住口鼻。

"我让破坏兵器找了些合适的借口拖住他。"

"你和他说了第8队的任务？"

"没有。"

森罗摇摇头。

"那家伙好像很在意爱'被吃豆腐'的环，我跟他说会帮他要联系方式，他就痛快地答应帮忙了。虽然我不保证能要到。话说……"

森罗停下脚步，看着亚瑟。

"你那是什么打扮？"

"我从骑士转职成刺客了！！"

亚瑟只把眼睛从帽子和口罩的缝隙中露出来，直勾勾地盯着森罗。

"你成天把骑士挂在嘴边，怎么……"

森罗惊诧道。

"我又变成骑士了。"

说着，亚瑟飞速摘下帽子和口罩，头顶拢起的一股金发摇晃着站了起来。

森罗重新打起精神，朝着卡力姆的房间走去。

"306……在这里。"

他拧了拧把手，门是锁着的。

就在森罗绞尽脑汁的时候，亚瑟突然伸出手，指尖捏着一把钥匙大小的微型王者之剑的剑柄。亚瑟从剑柄释放出等离子，插入门缝，锁头被烧断了。

"亚瑟，你！！"

森罗惊慌失措地说道。

"这是微型王者之剑。我是拿塑料板做的，所以是一次性的。"

亚瑟看着溶化的剑柄说道。

"蠢货！！这会留下闯入痕迹的！！"

对森罗的抱怨，亚瑟表现得满不在乎，他平静地打开房门。

"这可不像你，输给班兹一次就变成胆小鬼了吗？"

"啊？！"

森罗面色凶狠地瞪着亚瑟。亚瑟也不服输地回瞪了他一眼，说道：

"人体自燃的谜团要是能随随便便就解开的话，早就解开了。"

接着，他走进了屋里。

"东西这么少的话，应该很容易找到……"

这是一间很简约的房间，只有桌子、床和衣橱。森罗环视一周，走近书桌，手拉了拉抽屉。

"从书桌开始吧。果然是锁着的……"

啪！

亚瑟不等森罗开口就掏出第二把微型王者之剑切断了锁扣。

森罗打开抽屉，一下子怔住了。

"这个！！"

一个五厘米高的小玻璃瓶倒放在材料上。里面有一只奇妙的未曾见过的虫子，和森罗在巷子里见到的一模一样。

"里面有只'虫子'。他们就是用这个制造'焰人'的吗？"

亚瑟用手拿起瓶子轻轻摇晃了几下，里面的小虫上下翻滚着。

"结案了！！嫌犯就是卡力姆·福拉姆！！"

森罗说道。这时门开了，卡力姆面色不悦地走了进来。

"卡力姆·福拉姆……"

由于紧张，森罗露出了一抹僵硬的笑意，他摆出作战的架势。然而卡力姆却默默走过两人身边，在床上坐下后开口道：

"我是故意把那个像'虫子'一样的'虫子'放在那里的。

"因为在巷子里的时候，你们看上去形迹十分可疑，所以我就试探了一下。果然第8队也是追着'虫子'一样的'虫子'而来。"

"到底怎么回事……？！"

森罗追问道，显然他没能领会卡力姆的意思。卡力姆上翻着眼珠看着二人，说道：

"我也在寻找'虫子'的主人。"

"原来是这样！！是友军啊！！"

亚瑟似乎轻易就相信了卡力姆的话。

"哪能那么容易相信!!"

森罗提醒道。

"你们看见嫌犯了吧?"

卡力姆低头看着自己的衣服说道。

"既然直接怀疑到我……是个穿长袍的人吗?"

"……"

"我没猜错吧……"

卡力姆见森罗沉默不语,确信了自己的看法,他表情困惑地继续说道:

"你们为了寻找穿着长袍的男人追到这里来,可我不是嫌犯。那时候在巷子里且穿着长袍的,除我之外还有另一个人。我已经确认了,嫌犯就是……"

森罗不寒而栗。直觉告诉他,卡力姆没有撒谎。

嫌犯就是——烈火星宫。

卡力姆咬紧了后槽牙。

"两个月前发生了一起儿童集体自燃事件。实在是太反常……我就是在那个时候发现了'虫子'……"

"儿童自燃！？"

难道也是人造"焰人"……

卡力姆皱紧眉头，艰难地说道：

"即便现在，反常的儿童自燃事件仍然反常地时有发生……"

就在森罗在卡力姆的房间里锁定了嫌犯的同时。

两个约莫十岁左右的男孩说笑着走在放学的路上。

"我扭蛋扭出了神龙。"

黑发男孩说道。

"欸——不公平！！"

棕发男孩噘着嘴巴。这时……

"喂，你们俩。"

突然有人从身后搭话，两个孩子停下脚步。

"火灾太可怕了。你们知道曾发生过像你们这个年纪的小孩子燃烧的事件吗？"

背后出现的这个人弯着腰，语气很温柔。

"我知道不被火焰袭击的办法。"

男孩子们转过身来，她把脸凑到跟前，亲切地微笑着。她就是环。

"跟姐姐一起来吗？"

第 25 章　不可原谅的恶

　　昏暗的房间里，烛光摇曳着。卡力姆正坐在床上，手里拿着以前的照片。

　　初相识的卡力姆、烈火、火焰三人亲密地搭着肩膀，笑容满面。

　　"你在搞什么啊……"

　　卡力姆看着照片落寞地说道。

　　随后，他把照片放在桌子上，熄灭蜡烛走出了房间。

　　卡力姆暗下决心。他神色严肃地通过走廊，看到森罗和亚瑟正站在那里等待着他。

　　"你是要去找烈火吧？我们也跟着一起去。"

　　亚瑟说道。

　　"这是第 1 队的事情，你们不要掺和。"

　　卡力姆径直走过去，并没有看向他。

　　"我们现在是在卡力姆中队的麾下啊。"

　　森罗从走廊的另一侧答道。

"那你就听从中队长的命令。退下。"

卡力姆说罢，亚瑟又插话道。

"我可不打算听你的指挥，反正我也不是正式队员。"

卡力姆怒视着二人，但他们并没有要放弃的意思。

"你们虽说像我的部下的部下，但原本不是我的部下啊……随便吧。"

卡力姆苦笑着向前走去。

"你们随便地随便吧！！烈火不在大圣堂里……我去找他。"

在城镇的一个角落里，有一大片废墟。原本这里经营着一家带瞭望台的餐馆，而现在，这里到处是碎裂的玻璃、塌陷的天花板和暴露在外的钢筋，四周还围上写着"禁止入内"的栅栏。

环领着两名男孩来到这片废墟之中。

"进来吧。"

建筑内部的墙壁和门被拆得所剩无几，只剩下大楼的外壁和柱子。一名男孩、两名女孩以及女孩的妈妈正等候在那里。

"五个人……果然大家都觉得奇怪，很难凑齐呢。"

环垂头丧气地说道。

"怎么会！环！谢谢你帮我招大家过来。"

穿着白袍的烈火答道。

"我终于找到了防止'焰人'化的神圣祷告！！如果能将孩子们从火焰的恐惧中拯救出来、我的性命不要也罢。"

烈火瞳孔中的星星一闪一闪，他攥着拳头激情洋溢地说道。

"中队长……"

"要是能拯救出更多的人就好了……我真没用！！可恶！！"

烈火露出一副痛心疾首的样子。

"请问……神父……真的可以避免变成'焰人'吗？"

那名穿着和服、领着幼女的母亲不安地询

问道。

"是啊！不要告诉别人，否则会引起争抢的！"

烈火爽快地回答。

"补习班的小佑也自燃了，我不想和他一样……"

最后被环带进来的棕发男孩说道，他看上去快要哭了。

"只要照您说的做，就不会自燃了吧？"

"当然啦。"

烈火高高举起拳头，微笑着宣誓：

"大家！！既然我来了，就放心吧！！一起成为不畏火焰的强大人类吧！"

环心情激动地注视着烈火。

（虽然天气闷热，但为了向着正义勇往直前的烈火中队长……我要……）

烈火走近环的身边，说道：

"环能暂时回避一下吗？我想集中精神祷告。"

"啊？"

"谢谢你帮了我这么多。"

"我也想旁观。为了烈火中队长，我——做什么都可以！！"

环恳求道。

"谢谢你，环！！"

烈火露出感动的神色，用力抱住了她。

"您……太夸张了。"

环羞涩地说。

"环！！谢谢你！！"

烈火呼唤着环的名字，抱得更紧了。

"呃……啊……"

环的表情愈发显得痛苦。然而烈火没有松手，反倒更加用力。

"哟吼！！"

环失去了意识，瘫倒在地。烈火确认环已经陷入昏迷后，一改刚才的神情，转身对孩子们低声说道：

"那么……现在开始寻找火种适应者。你们被选中了。"

"我们还是算了。快走吧，奈绪！"

觉察到气氛异样的母亲想要带着女儿离开。

"不行！毁掉孩子的未来可是母亲的失职呢。"

烈火靠近那名母亲的身后，将小瓶子抵在她的后背上。

虫子咬破和服，钻进了她的体内。

"妈妈……"

女儿不安地抬头看着母亲，只见火焰一下从母亲的眼睛和嘴巴里蹿了出来，瞬间吞掉了她的脸。

"化为熊熊烈焰吧！"

烈火用裹着火焰的左拳，一击穿透了化为"焰人"的母亲的胸口。

"哇啊！！"

孩子们见状，一起号啕痛哭了起来。

"还是不行啊……"

烈火笑着望向孩子们。

"这里面要是能找到适应者就好了。"

"哇啊啊啊啊啊啊！！"

哭声越来越大。

烈火握紧拳头，用鼓励的口吻朝着孩子们

说道：

"别哭啦！哭是没法变强的！害怕火焰可不行！不是要变强吗？是吧？对不对？"

这时，一阵咳嗽声传来，环醒了。

"烈火中队长……这究竟是怎么回事……"

闻声，烈火露出不悦的神色。

"本想让你当替罪羊的，是我力道太弱了吗……"

"这……怎么回事……"

"只有环才能承受住我的热情和炙热啊！！"

烈火自私地说道，接着朝环抛了一个媚眼。

"所以你就在那儿老实待着吧！"

"这不是真的吧？！烈火中队长，你是在制造'焰人'，是在杀人吗？！"

环跟跟跄跄地站起身，质问道。

"我明明那么仰慕中队长！！"

然而，烈火一拳将环击倒在地。

"仰慕我？你就那么容易改变心意吗！！"

烈火的吼叫声响彻了整个大楼。

"哇！！我不会放弃的！！不管牺牲多少可爱的小孩子，我也不会放弃！！绝对不会！我要为传教者制造'焰人'！直到找到火种适应者的那一天！哇啊啊啊啊啊！！"

"笨拙却不会认输的热血男儿……我一直觉得你这点非常帅气……"

环流着鼻血，泪水浸湿了肿胀的脸颊。她挺起身。

"但现在，你根本就只是个热血混蛋而已……"

咚！

烈火冲着环的肚子又猛地踹了一脚。

"在那儿乖乖睡一觉吧！"

烈火对呻吟着的环说道。说罢，他抓起棕发男孩的胳膊。

"不要！！你放开我！！"

男孩挣扎着想要逃跑。

"小健！！"

一起被带来的黑发男孩尖叫着。尖叫声中，烈火将装着虫子的小瓶子抵住小健的胸口。

虫子钻进了他的体内。

"呜……呜……"

小健按住胸口，痛苦地呻吟着。下一刻，迅猛的火流从他的眼睛和胸口喷泻而出。

"呜呜呜呜呜呜呜哇啊啊啊啊啊啊！！"

小健身体向后仰，发出刺耳的尖叫声。火焰包裹着他的身体，他就像一颗巨大汹涌的火球。

"加油！你一定能接纳火焰！！"

烈火鼓励道。

"啊啊啊啊啊啊啊啊啊啊啊！！"

突然，火焰消失了。失去意识的小健倒在地上。

"没变成'焰人'？"

躺着的环气若游丝地说道。

"适应者……"

烈火笑着欢呼道：

"太棒了！终于找到一名火种适应者！！"

随后，他又取出新的小瓶子，一步步向剩下的孩子们逼近。

"还剩下四个小朋友!!虽然很难活下来,但还是接受火种、战胜明天吧!!"

孩子们无处可逃,他们背靠着柱子站在一起,身体不住地颤抖。

"拿出干劲!!干劲!!加油!!不能认输!燃烧吧!"

"求求你了……住手吧……"

环伏在地上,一遍又一遍地哀求道。

"谁……拜托了……谁来救救他们!!"

此时,森罗正在空中搜寻烈火的行踪。

"那片废墟里,感觉好像有什么在发光……是错觉吗……"

尚未完成拆除作业的废墟之中,森罗似乎看见了火焰一样的亮光。

然而,那之后什么都没有发生。

"必须快点找到烈火!地上交给亚瑟和卡力姆中队长,我就从空中……"

就在森罗掉转方向，准备去搜查其他地方的时候，嘭的一声，从废墟处冲出两束火光。

"什么!？"

森罗再次转向，奔向废墟。

第26章　森罗VS.烈火

"环！！你在做什么？"

废墟中，环竭力挺起身子，她启动了自己的能力"猫妖"，两条火焰尾巴高高地伸展着。

烈火漫不经心地走近环。

"亏我以前还觉得你是个优秀又诚实的部下！！"

他怒吼着，朝环的下巴猛地一脚。

环被踢飞了。她倒向地面，几乎失去了意识。

"你在搞什么啊，环！！孩子们还看着呢？！你这样可不行啊！！孩子们都这么努力！！"

烈火兴奋地说着，又朝倒在地上的环踢了几脚。

"好疼……住手……"

环蜷缩着身体，只能发出呻吟声。

"你应该当我的替罪羊才对！！你怎么了啊，环？！我原本以为只有你才做得到啊！！"

环!!
你在做什么？

（砰）

（嚓）

亏我以前还觉得
你是个优秀
又诚实的部下!!

烈火像着了魔一样，疯狂地踢着环。

环被剧痛席卷了全身，内心有个声音说着。

（我曾经那么喜欢你……）

三名彼此信赖的中队长一直是环仰慕的对象。三人中，她最喜欢热血又温柔的烈火。可是……

"我要改变计划，杀了你！我要把你伪装成自我了断！！可恶！我明明那么相信你可能胜任！！我也很心痛啊！"

烈火大声叫嚷着，挥起被火焰包裹着的右拳。

"呜噢噢噢噢！！我的拳头也在哭泣！！就让我好好送你一程吧！替我去死吧！！环！！"

"住手……烈火中队长……"

环含着泪仰头看着烈火，夕阳染红的天空透过天花板上巨大的空洞，倒映在环的双眸中。

在晚霞之中，有一个身影踩着火焰飞速划过天空。

森罗来了。

他露出可怕的笑容，双脚喷出的火焰仿佛张开的羽翼。

恶魔一样的森罗从天花板俯冲下来，左脚朝烈火的脸用力地一击。

啪！！

伴随着炸弹落地一样的激烈撞击，半径数米内的地板瞬间塌陷了下去。

何等惊人的力量。

烟雾散去，森罗向环走来，脸上是一个让人安心的笑容。

"没事吧环？我收到你的信号了，做得很好！"

环半天没吭声，接着，眼泪扑簌扑簌地狂掉不止，如释重负地笑了起来。

这时，森罗的身后慢慢升起一个黑影。

"星！呀！！"

烈火瞳孔中的星星闪耀着光芒，强有力的拳头打在森罗的脸上。

森罗挣扎着站稳脚跟，调整好姿态。

"烈火星宫！！原来你就是嫌犯！！"

"别碍事！"

说着，烈火燃起猛烈的火焰，挥着拳头冲向森罗。

"星拳撞击！！"

"呵！！"

为了化解那一拳，森罗使出了茉希传授的招数，但烈火的进攻过于凶猛，森罗还是重重地挨了一击，被掀翻在地。

"混蛋！就你那点过家家一样的路数，还想躲过我的拳头！！"

在烈火的穷追不舍之下，森罗以手臂为轴，使出了霹雳舞回旋踢。紧接着，他腾空而起，倒立着冲向烈火，用膝盖朝他的脸猛地一顶。

烈火立即一拳打向森罗的胸口。森罗一下子抓住他的手，随即双腿缠住脖子，抱紧左臂，死死地按住了烈火。

"烈火星宫！！只要有我英雄·人造'焰人'制造者抓捕执行者登场，你就别想有后路！！"

森罗大叫着。烈火又燃起左拳的火焰，朝森罗的面部击去。

"我才不需要什么后路！！我只会向前！"

烈火激动地嚷着，这一次他挥起燃烧的右拳，瞄准森罗的脸用力地砸了下来。

所幸，森罗挡住了。

随后，他从脚底喷出火焰，借回旋之势向烈火猛攻。烈火被踢飞了。

"那我就让你无路可走！！"

在几米外目睹着两人对战的环惊讶地低声道：

"日下部和我一样是二等消防官吧……竟然能和烈火中队长势均力敌……"

"别开玩笑了，我绝不允许妨碍我们传道的家伙！！"

烈火怒视着森罗。

"真啰嗦，热血混蛋！！"

森罗被愤怒染红了双眼，他露出恶魔的笑容，点燃双脚的火焰。

"没问题，不过就是多一具尸体罢了。"

烈火满不在乎地笑着，在他的长袍下，被关在小瓶子里的虫子咔嗒咔嗒地发出声响。

"虫子?!"

烈火取出小瓶,望向森罗。

"居然对森罗日下部的火焰产生了反应?!是想回归那团火焰吗?!"

"什么?!你在说什么!!"

森罗追问道。但烈火没有回答,他沉浸在自己的世界里,心满意足地笑着看向森罗。

"太棒了!今天真走运。"

"原来在这里啊。传教者正在寻找的第三人——纯净之焰'安德拉爆焰'!!"

第27章 拳还是脚

"安德拉爆焰？那是什么……"

森罗反问。烈火举起火焰包裹着的拳头解释道：

"在传教者的领导下，我们正在寻找唯有太阳神的私生子才拥有的引导人类的圣火、不含杂质的纯粹之火。我一直在为孩子们点燃火种以寻找适应者，居然在这儿找到了。"

"点燃孩子们？"

森罗质问道。

那么，修女和火华大队长所在修道院的那场火灾难道也……

"你们到底杀了多少人？"

烈火大言不惭地答道：

"多少都无所谓！那只是为了实现我们目标的一点小小的牺牲！！"

"开什么玩笑！！"

不含杂质的纯粹之火。

怒火中烧的森罗一跃而上。

"这么不冷静！！你那样愚蠢顽固的进攻不可能打倒我！！"

"不管出于什么目的，你以为这种事能得到原谅吗？"

森罗从数米的高度俯冲而下，腾空一脚。可烈火的右拳抢先一步击中了他的脸。

翻滚在地的森罗抵挡不住冲击，一头扑在了背靠柱子坐着的环的怀里。

环的"被吃豆腐"体质居然在这种时候启动了。

"你在干什么？变态！！"

环大声尖叫。

"对……对不起！！"

森罗踉跄地起身，再次站在了烈火的对面。烈火拉开距离，不停地向森罗发出猛烈进攻。

"星拳撞击！"

拳头扬起的爆炸气浪伴随着火焰席卷而来。

森罗无法靠近，他竭尽全力用手臂阻挡烈火的攻势。

"让你看看什么叫火力的差距！"

烈火再一次挥起另一侧的拳头。

"呀啊啊啊！！"

火势更猛烈了，森罗身后的环痛苦地尖叫着。

"环，没事吧！！"

森罗回过头，看见环含着眼泪。她半裸着，衣服已被烈火的火焰烧得破烂不堪。

烈火趁机给了愣在原地、满脸通红的森罗一记迎面直拳重击。

被径直掀飞的森罗又一把抱住了环。

"对不起！！不是，我不是故意的……"

森罗慌张着起身。

"够了，快去战斗！！"

环奋力地推着森罗的后背。

"啊……啊啊……"

随后，她又紧紧地抓住森罗，说道：

"拜托了，日下部……"

森罗不禁停下脚步。

环把脸埋在森罗的身后，声音颤抖着说：

"打败烈火中队长……"

森罗咬紧后槽牙，神情严肃起来。

"交给我吧……这就是我来的目的。"

森罗答道。他目视前方，准备伺机而动。

火焰从森罗的双脚以及烈火的拳头中喷涌而出。

（烈火和我的火力相差不大……或者我略逊一筹……）

森罗冷静地计算着与烈火的力量差距。

（我的优势果然还是这双脚……机动力！！只要能将其融会贯通，这里的落脚点足够多，理应毫无障碍，就试一试那招吧！！）

森罗升级火力。烈火也脱下长袍，提高了双臂的热度。

"就让我热情的手臂来燃烧这一切吧！！"

火焰一直燃烧至衬衫的肩膀处，烈火将熊熊燃烧着的双手在胸前合成三角状。这是"拉托姆"的合掌法。

"星！！"

"不许输！！"

森罗的身后传来了环的加油声。他贴着地面，以火箭之势飞奔而去。

森罗用膝盖瞄准烈火的脸，而烈火轻而易举地伸出右臂弹开了森罗的进攻。

森罗借反作用力蹿上天花板的近处，抓住了窗框。

"好厉害的火力……只不过碰到一点就觉得膝盖好热……"

他双脚奋力蹬墙，向烈火扑去。

"我要击溃你！！"

烈火试图趁机反杀，火焰逐渐聚集在拳头上。然而，森罗故意避开烈火，他用手撑地，以倒立的姿态向上飞踢。

烈火立即交叉双臂防御。

森罗腾空去追赶烈火，火焰从双脚倾泻而下，他连续使出了几记回旋踢。

"星拳！！"

烈火被步步紧逼，早已丢盔弃甲的他在空中不停地挥拳出击，但踩着火焰的森罗都轻而易举地避开了。

"你那几个不入流的花拳绣腿也想打中我?!"

接着，森罗双脚踏在天花板上。

"对你来说，落脚点只有一处……"

他用力一蹬，屈身在空中回旋。

"对我来说，墙壁、天花板和柱子都是落脚点!!"

重力、喷射的火焰以及回旋，惊人的力量汇合在森罗的脚后跟，一记借势下砸狠狠地击中了烈火的脸。

"呜呜哇啊啊啊!!"

痛击过后，森罗的脚后跟如同导弹一样，猛撞在地面上。

轰隆!

整个废墟剧烈地摇晃，尘烟四起。

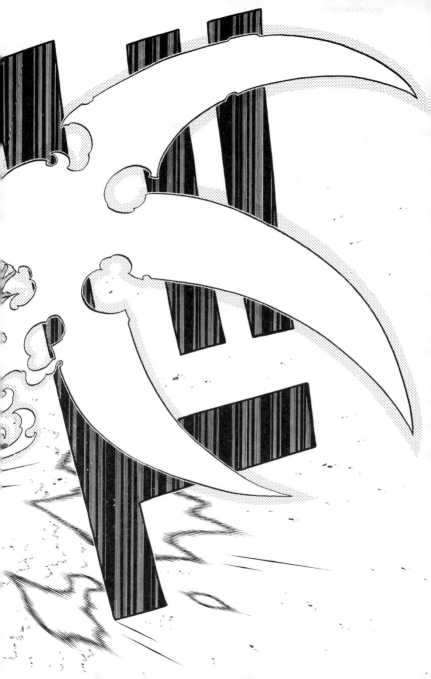

"呃啊啊！！"

"哇啊啊啊啊！！"

视野终于清晰起来，环对抽抽搭搭哭个不停的孩子们说：

"已经没事了。大家先一起到柱子的阴影处躲一下！！"

在地面上产生的巨大的凹坑里，烈火的嘴角渗出鲜血，身体不住地痉挛。

在他旁边，森罗喘着粗气，手拄在膝盖上。

"没事吧，日下部！你的呼吸……"

环一边引领着孩子们一边说道。

"我飞过来直接就和他开始打……有点头晕……可能是起火能力用过头了……"

森罗呼吸急促地说道。

"起火极限吗？原来你把起火之源的体内氧气用光了。"

就在环说话的时候，烈火呻吟着挺起身。

"呃……"

森罗蔑视地说：

"结束了，烈火星宫！！老实投降吧！！"

烈火拖着残败的身体怒视着森罗。

"好不容易在孩子中找到了适应者。为了传教者，我是不会放过他的。呜呃呃呃呃呃！！"

烈火的吼叫声仿佛撼动了整个废墟。

"为什么要把孩子变成'焰人'？！你还有同伙吗？！传教者是谁？！"

森罗接二连三地问道。

烈火缓缓起身，闪烁着瞳孔中的星星说道：

"找到适应者的小孩，增加拥有能力的同伴……制造'焰人'，使人类归于火焰……一切皆如传教者所愿……"

"你们的目的是什么？"

烈火走火入魔一般地继续说道：

"你看那坐于穹宇的炎星之光辉。归于伟大的太阳神的怀抱。将所有的人类化为火焰，用熊熊烈焰包裹大地！！以救赎之炎燃尽并改变不完美的人类和地球！！然后，将这个星球变成第二个太阳！！"

"你在说什么？将这颗星球……？"

森罗哑然道。

"星！！"

烈火笑着说道，脸上满是鲜血。

"大家！快趁现在离开！"

环在指挥孩子们逃难。

"不会让你们跑掉的！！"

烈火拼命挥动着双臂，火焰和热浪拦住了环和孩子们的去路。

"我会把孩子伪装成死于火灾后带走，让他们从小接受传教者的教导！"

闻言，森罗脸色骤变。

"用火灾……从孩子小时候……"

森罗的弟弟小象就是被认为丧生于原因不明的火灾之中。

"你们！莫非把我的弟弟也……"

然而，烈火将森罗的话当成耳旁风，凶猛的火焰从双手喷射而出。

"燃烧吧！！我的星拳！狂热起来吧！！"

"住手！！你的火焰会把你自己烧掉的！！"

森罗赶忙制止，但烈火已然全身陷于火焰之中了。

"在我燃尽自己之前，要把你们全部烧死！！拉托姆！！"

就在烈火准备释放火焰的瞬间……

铃！

伴随着铃音，火焰消失了，冰裹住了烈火的双臂。

"这是……热音冷却！！"

"我说过吧？你身后永远有我。"

扛着环状喷枪的卡力姆出现了。

"卡力姆！！别来捣乱！！"

烈火大嚷。

"住手吧。不管你的热度有多高，我都会将你冷却！！"

卡力姆冷静地回应道。

"这种冰，看我把它蒸发掉！！"

烈火的双臂又释放出更高的热量。

"Fire！！！"

然而，烈火的身体越热，包裹着他的冰层就越厚，终于他被彻底封冻在了冰柱中。

卡力姆将视线从烈火身上移开，痛苦地说道：

"我可不是为了这么做才一直站在你身后的……"

这时，火炎也赶来了。看到废墟中的景象，他愣住了。

"我接到报告才过来看一眼……卡力姆，这究竟……？第1队没事吧……"

"虽说只是我的直觉，但似乎不光是第1队的问题……"

卡力姆绷着脸说道。

"这是更大的更大的整个国家的问题。"

"多谢相助，卡力姆中队长！"

森罗对卡力姆说道，随后看了看被封印在冰柱里的烈火。

"烈火……已经死了吗?"

"透气孔是开着的,我只是把他封印了而已。之后我会让他吐出所有真相。"

卡力姆说完,森罗舒了一口气。忽然,眼前有一束光闪过。

砰!

伴随着炸裂的声音,地板的碎片四处飞窜。

"烈火中队长?!"

环开口道,背上正睡着已经失去意识的棕发男孩。

"欸?!"

森罗大吃一惊。冰柱中,烈火的胸口被豁开了一个巨大的圆洞,汩汩鲜血涌了出来。

"烈火他……"

第 28 章　扩燃的恶意

　　离废墟较远的一座废旧大楼的楼顶上，两个身穿白色斗篷、头戴白色头巾的人影一面注视着森罗等人所在的废墟，一面交谈着。

　　"目标命中。星宫已抹杀。"

　　膝盖跪在房檐上的人影说道。

　　"还有几名消防官。顺便处理掉几个。"

　　旁边站立着的人影命令道。

　　"是。"

　　跪着的人影用指尖喷出的火焰做成箭矢，摆出一个拉弓的姿势，瞄准着前方的废墟。

　　"究竟发生了什么……"

　　废墟中，火炎目不转睛地盯着胸口被穿透的烈火，整个人都怔住了。

　　这时，不知从哪里射来一道和刚才一样的高速光线，击碎了地面。

"狙击?!"

卡力姆一边躲闪着纷飞的碎片一边说道。

"从哪儿来的?!"

火炎四下巡视着。

废墟中,通风口随处可见,高处的窗户也都没有玻璃,所以没法立即判断出狙击者的方向。

"一个能看见我们的地方……"

卡力姆低声道。突然,火炎的眼睛捕捉到了一丝微弱的光,

"卡力姆!!"

他大叫了一声,立即扑倒了卡力姆。

一支火焰箭斩断火炎的右小臂后直插入地。地面被震碎了。

"森罗!!放烟雾!!"

卡力姆支撑着火炎的身体,命令道。

"是!!"

森罗双脚喷出火焰,在废墟中上下飞奔。

"哦啊啊啊啊啊!!"

火焰燃起浓烟,废墟中什么都看不见了。

"环！带着孩子们去暗处躲好！！"

卡力姆继续指示道，他搀扶着火炎，二人一起藏在了楼柱后面。

"火炎……对不起。"

卡力姆一边为火炎做紧急治疗，一边说道。

"卡力姆是第1队的盾牌，不能折在这里。"

火炎的额头渗出细密的汗珠，微笑着说。

"哪里有被保护着的盾牌……绝不能允许伤亡再扩大了。"

卡力姆的后槽牙被咬得咯吱作响，他冲着躲在旁边柱子后面的环大喊道：

"环！！将全部火焰喷向狙击方向！！不要走直线，会暴露位置！越没有章法越胡来越好！！"

"是！！"

"猫妖"的焰尾从浓烟滚滚的废墟窗口蜿蜒着向外延伸。

当环伸展出第二条尾巴的时候，卡力姆发力将其冰冻，两条火焰如同两座龙形冰雕。

"卡力姆……这是做什么？"

火炎问道。

"做一道墙，既能蒙蔽敌人耳目，又能告诉对方我们已经掌握了他们的位置。对于一些难以理解的行为，敌方会胡乱猜测，反而自乱阵脚……安全地带才是狙击手工作的地方。"

卡力姆神色紧张地绷着脸。

"目标难以辨识，无法狙击。"

废旧大楼的楼顶，放箭的人影站起身，他似乎已经放弃了。

另一个人影看着迎面而来的冰柱，说道：

"看来我们的位置也暴露了。"

"有什么对策吗？他们可能在计划接近我们。已经把星宫灭口了。现在还不是冒险作战的时候。"

正如卡力姆预料的那样，放箭人决定采取万全之策，于是转身离开。

"各地已按照计划开始了供奉太阳神的'诞焰祭'。回去向团长报告——撤退！"

"不用我去追吗？"

隐蔽在楼柱暗处的森罗问卡力姆。

"你已经到'起火极限'了，去了也是送死。"

卡力姆懊悔地拦住森罗。

"我们只能像龟一样窝在这儿。让他们自己吓唬自己，赶紧滚吧！！"

"真是胡来，究竟是什么人？"

废墟中烟雾散尽，森罗回想着和烈火的对话。

（有人正在制造、杀害"焰人"，并引起火灾。其中能力觉醒的孩子会被拐走……我的弟弟也……传教者？！我找到我该追查的对象了！！）

这时，火炎的无线对讲机响了。

"什么事？"

火炎打开对讲机，对面传来第1队队员急促的声音。

"紧急事件！！'焰人'出现了！！请速来救援！！"

"数量是多少？我们这边也是紧急状态。"

"数……数量？！一名！！"

接到报告，卡力姆疑惑地问道：

"一名？我们这几天已经连续镇魂了好几名焰人。有什么可慌慌张张张张慌慌的？"

"不……不一样！"

对讲机里传来的声音异常兴奋，听起来不像是来自受过训练的队员。

"虽然只有一名……但从未见过这样的'焰人'！！太……大了！！"

此时，从第1到第8所有消防队的辖区里，同时突然出现了数米高的巨大"焰人"。

有的"焰人"像圆滚滚的不倒翁一样，还有的身体细长且扭曲。

"那个巨大的'焰人'……究竟是怎么回事？"

第5队辖区内，一名巨型"焰人"正从一座大楼的楼顶朝下看。火华对身边的尖头男大声呵责道：

"喂！！沙砾！！分析还没结束吗？！核心到底在哪儿？！"

尖头男终于分析完毕，汗流浃背地答道：

"刚刚结束。那个巨型'焰人'……有无数个核心。"

"……什么？"

火华的脸僵住了。

"呀啊啊啊啊啊啊！！"

"怪……怪物！！"

第8队的辖区内，队员们正在引导居民紧急避险。

"大家冷静！！请按照普通消防队的指挥避险！！"

火绳声嘶力竭地喊着。

"大队长！！火华大队长怎么说？！"

火绳问道。

樱备刚才通过对讲机与火华取得联系时，反应十分惊诧：

"核心有多个？！"

"嗯。除了主要核心之外！你那边'焰人'的核心位置应该和我这边的不一样。"

火华语气严肃地说道。

"恐怕这些也是人造'焰人'！！核心分布在身体各处。镇魂的时候需要击破所有的核心。"

"听到了吗，火绳？"

通话结束后，樱备看向火绳。

"不光摧毁胸口处的核心，还要把所有的核心各个击破，对吧。"

火绳冷静地点头。

"那也是人造的吗……真是邪门歪道！！"

樱备低沉的声音从防火面罩后面传来。

"核心位置不明。所以允许你采用粗暴的手段……用霰弹枪吧。"

火绳举起霰弹枪，朝着巨型"焰人"的方向射击。

通过"弹道控制"发射出的霰弹被火绳再次加速。

枪的性能与自身能力叠加后，每一发子弹都拥有惊人的破坏力，纷纷落在"焰人"的身上。

"焰人"不堪负荷地倒了下去。火绳继续追加攻击。

在他身后的樱备举起了武器。

"修女，拜托了。至少由我来摧毁主要核心……"

伴随着修女的祷词，樱备手里拿着枪，向"焰人"飞奔而去。

"火焰乃灵魂之吐息……黑烟乃灵魂之解放……灰烬归于灰烬……灵魂啊……"

樱备瞄准核心扣动了扳机。

"化为熊熊烈焰吧……拉托姆……"

同一时间，其他消防队辖区内，各队的大队长的镇魂行动也正在进行。

"各队……已完成对巨型'焰人'的镇魂……"

樱备听着对讲机里的报告，对火绳说道：

"火绳，你看到可疑的人了吗？"

"嗯，看到了。"

半掩着的防火面罩下，樱备的眼神尖刻又犀利。

"'焰人'的后面站着一个戴白头巾的男人。"

废墟中，森罗向卡力姆报告说道。

"白头巾二人组？"

"是！在那个大楼的楼顶上！"

森罗指着远处的一座废旧大楼。

"你能看见……你的右眼和左眼视力真不错……"

卡力姆吃惊地望向那栋废旧的大楼。

"他们把头蒙住了。"

火炎看着自己失去的右小臂说道：

"那两个人射穿了烈火和我的胳膊……"

"先离开这里吧。环，孩子们都聚齐了吗？"

卡力姆说道。

"是！"

"穿上。"

卡力姆把自己的斗篷递给环，神色严肃地说道。

"环，听好了……虽说你是被骗的，但还是做好心理准备。"

"是……我把孩子们卷了进来。我愿意接受一切处罚。"

环目光坚定地看着卡力姆。

森罗听着二人的对话，走到冰封的烈火跟前，这时卡力姆也走了过来，对他说：

"烈火这件事……真是麻烦你了。"

"我不知道烈火是从热血男儿变成了混蛋，还是说他只是一个比较热血的混蛋……对我而言，烈火就是烈火。为什么他是个热血混蛋，我有必要查清楚。"

卡力姆向森罗伸出右手。

"第8队的目的是调查消防队内部吧？接下来要去追查传教者，对吗？我也会去追查传教者。让我协助你们吧！"

森罗紧紧地握了握那只手。

"谢谢。"

第29章　新的敌人

由于这起事件，第1队被迫要求进行事后处理并报告经过，研修中止了。

烈火死亡。亚瑟在搜寻烈火的时候迷路，为了寻找亚瑟，第8队提出了搜查请求……

"承蒙关照了！"

在第1队的大圣堂前，森罗、透和破坏兵器正在行礼告别。

"真是一段非常短暂的时光啊。现在局势依旧混乱，队长之中只有我一个人能来送送你们了。"

卡力姆说道。来送行的只有卡力姆和环两个人。

"把你们卷进第1队的烂摊子里，真的很抱歉……"

环歉意地说道。

"森……森罗……"

破坏兵器对森罗耳语道。这时，森罗才想起来他曾经答应过破环兵器要帮他打听环的联系方式。

"环！受处分的事情，没事吧？"

"为什么突然问这个……还要等上面的决定。"

"是……是嘛……"

由于紧张，森罗脸上露出了僵硬的笑容。见状，环把眉头拧成了一团。

"你笑什么，我受罚你很高兴吗？"

"不是！怎么可能。"

森罗赶忙摇摇头，竭尽全力赔笑道。

"还有件事，你能告诉我你的联系方式吗？"

"欸？！你说什么？让我告诉你联系方式？"

环一脸惊诧的样子，红着脸摆摆手。

"那个……非要不可的话也不是不行……"

环含羞地避开了视线，扭扭捏捏地说道。

"真的吗？但不是我，是破坏兵器想要。"

听罢，环态度骤变。

"不行！！想知道就自己来问！！"

"刚才你不是已经打算告诉我了吗？"

森罗惊诧道。

"怎么办啊森罗，你快想想办法……"

破坏兵器一边隐藏着自己庞大的身躯一边恳求森罗。

听着这些温暖的对话，卡力姆总算恢复了笑容。

森罗久违地回到第8特殊消防教会。他坐在自己的位置上，环视着房间。

（研修虽然短暂，但仍然感到阔别已久……）

樱备大队长依旧在房间的角落健身，火绳中队长还戴着那顶不知道从哪里买的写着"头皮按摩"的帽子。

（一般情况下）高冷美人茉希也在……

"我把茶放在这里了。"

森罗抬起头，一只马克杯被递到面前。修女正微笑着看着他。

"研修分配辛苦了。"

"谢谢。"

修女天使般的笑容仿佛带走了疲惫。

（虽然加入第8队的时间不长，但不知为什么，这里已经成为我的栖身之所了……甚至连亚瑟都不在眼前……）

森罗喝了一口茶，又抬起头来，突然发现坐在对面的竟然是环。

"欸？！"

森罗站起来，吓得声音都变了。

"为……为什么猫女在这儿？！"

"环因为星宫一事暂时退出第1队的活动。"

樱备解释道。

"反省期间由第8队管理，和你一起，也比较容易写这一次的报告书。"

"大队长……离她远一点比较好……会倒霉的！"

森罗劝说道。

"什么！！"

环愤怒地站起身。

接着，她又莫名其妙地在平地上绊了一跤，绕过桌子，扑倒在森罗的怀里。

"呀。"

"啊。"

森罗被环压在下面，大声叫道：

"又有人来我的安宁之地捣乱！！话说，亚瑟跑哪儿去了？！"

又有人来我的安宁之地捣乱!!

呀

啊

(咚)

话说,亚瑟跑哪去了!!

貌似还没有找到……

小说作者

绿川圣司

　　生于大阪。双子座 AB 型血。凭借作品《晴天就去图书馆》获得第一届日本儿童文学协会长篇儿童文学新人佳作奖，并从此出道。主要作品有《书本怪谈》系列（POPLAR 社）、《猛兽学园！动物恐慌症》系列（集英社未来文库）等。

原作漫画家

大久保笃

　　漫画家。处女座 B 型血。主要作品有《噬魂师》系列（GANGAN 漫画）、《炎炎消防队》系列（讲谈社漫画杂志）等。

译者

杜妍

　　自由译者，社会学博士在读。狮子座 O 型血。译有《古典乐的盛宴》等。